FIONA COLE

Per sempre tuo

Traduzione di
PAOLA CICCARELLI

"Per sempre tuo"
Autore: Fiona Cole

Titolo originale: Surrender
Traduzione di Paola Ciccarelli

Quest'opera è frutto della fantasia. Personaggi e luoghi citati sono invenzioni dell'autore. Qualsiasi analogia con fatti, luoghi e persone reali è assolutamente casuale.

Per
sempre tuo

A tutti coloro che hanno amato Jake e Jackson.
Grazie.

1

JAKE

«**M**amma, questa cena è squisita, come sempre» mi complimentai, gustando la ricca salsa di pomodoro delle lasagne che mi facevano quasi gemere ad ogni boccone.

«Sono pienamente d'accordo, Joanne. La tua cucina è sempre una delizia.» Jackson prese un boccone e non si preoccupò di trattenere un gemito di piacere. Quel suono non era affatto di natura sessuale, ma non potevo fare a meno di pensare immediatamente a tutti i modi in cui potevo fargliello emettere di nuovo. «È un peccato che tu non abbia trasmesso le tue abilità culinarie a Jake.»

«Ah ah» risi in tono beffardo.

Jackson mi guardò dall'altra parte del tavolo e mi strizzò l'occhio prima di prendere un altro boccone, assicurandosi che lo stessi guardando quando si passò la lingua sulle labbra. Stava giocando con il fuoco e ne era consapevole. Non vedevo l'ora di tornare a casa e costringerlo a mettersi in ginocchio prima di riempirgli la bocca con il mio uccello e farlo gemere. E sapevo che avrebbe ricambiato il favore, facendomi amare ogni secondo.

Quest'uomo era il mio migliore amico, il mio fidanzato. Ogni volta che lo guardavo, il mio cuore faceva una capriola, battendo più forte con tutto l'amore che provavo. Chi immaginava che le cose potessero cambiare così tanto in un anno? Le mie labbra si curvarono leggermente verso l'alto quando pensai a tutti i cambiamenti che aveva portato nella mia vita.

Diamine, l'anno scorso, in questo periodo, ero fidanzato con Carina, sicurissimo del mio futuro, sicurissimo di chi ero come uomo. Un uomo etero.

Finché non avevo rivisto Jackson.

Questi aveva stravolto il mio mondo senza nemmeno provarci, facendomi capire che era così che avrei dovuto essere fin dall'inizio. Mi era stato accanto durante tutto il periodo in cui avevo lottato per accettarmi e ora lo amavo più di quanto credessi possibile.

«Te l'ho detto, Jackson, chiamami mamma» lo ammonì mia madre.

«Ok, mamma.»

«E dov'è tuo fratello?» gli chiese con un sopracciglio inarcato.

«Aveva un appuntamento stasera. Era dispiaciuto di perdersi i tuoi manicaretti, così tanto che ero sicuro che avrebbe cancellato l'appuntamento, ma... beh, stiamo parlando di Andrew.»

«Sì, da quando ha ricominciato a camminare è molto... attivo.»

Quello era un modo educato per definirlo. Andrew aveva fatto molta fisioterapia nell'ultimo anno e aveva recuperato un po' di mobilità nelle gambe, riuscendo a usare le stampelle per camminare. Diceva che era una lieve invalidità sufficiente ad attrarre le donne.

«Sì, attivo» concordò Jackson in tono asciutto.

«Beh, quando tu e Jake andrete via, mi assicurerò di darti degli avanzi per lui.»

«Grazie, Joa... mamma.»

Proseguimmo la cena parlando di come era andata la nostra settimana, circondati da un'atmosfera serena e perfetta.

Tuttavia, mi fu difficile concentrarmi sulla conversazione con Jackson che faceva costantemente allusioni sessuali e mi scopava con gli occhi dall'altra parte del tavolo. Il modo in cui mangiò il grissino mi spinse quasi a ordinargli di seguirmi in bagno seduta stante.

Mia madre era completamente ignara mentre sorseggiava il vino e rideva delle storie di Jackson sul Voy, il locale di cui era comproprietario.

«Basta, non riesco a mandar giù un altro boccone» disse quest'ultimo, sfregandosi una mano sul petto sodo e appoggiandosi allo schienale della sedia prima di picchiettarsi lo stomaco piatto e tonico. Lentamente, si portò di nuovo la mano sui pettorali e sostenne il mio sguardo con occhi ardenti di desiderio. Volevo alzarmi da tavola e andare subito via, ma avevo bisogno di un momento per ricompormi se non volevo traumatizzare mia madre con l'erezione che premeva contro la cerniera dei pantaloni nel tentativo di balzare fuori per arrivare a Jackson.

Aprii la bocca per inventare una scusa per andare via, ma mia madre mi batté sul tempo.

«Bene, è il momento del dessert» esclamò, battendo le mani.

«Mamma, mi piacerebbe ma...»

«Niente ma. Ho preso alcune cose apposta per voi» disse, prima di attraversare la porta che dava in cucina.

«Ansioso di tornare a casa, tesoro?» chiese Jackson, un sorrisetto sornione sulle labbra carnose.

«Non proprio. Perché?» Finsi indifferenza, ma il modo in cui dovetti ingoiare la saliva che mi si stava accumulando in bocca rivelò quanto fossi vicino a sbavargli addosso.

«Pensavo che fossi ansioso di tornare a casa così che io possa piegarti sul divano e scopare quel tuo culo stretto.»

Sbuffai. Adoravo fare questo gioco con lui. «Puoi provarci. Ti bloccherò contro il muro entro due secondi dall'aver varcato la soglia.»

«Ottimo. Posizione perfetta per farti mettere in ginocchio e prendere il mio cazzo.»

Non potei farne a meno, gemetti. Mi portai una mano tra le gambe e mi strinsi l'erezione pulsante. Jackson guardò quel movimento e stavolta fu il suo turno di deglutire.

«Dio, non vedo l'ora di essere dentro di te» dissi ansante. «In qualsiasi modo. Nel tuo culo o nella tua bocca, non importa. Ho solo bisogno di te.»

Jackson strinse i pugni sul tavolo. Entrambi eravamo sul punto di balzare in piedi e andarcene senza salutare. Diamine, probabilmente a metà strada verso casa avremmo dovuto fermarci soltanto per alleviare quella smania intensa.

«Allora, mi sono trovata a passare da una pasticceria» annunciò mia madre, spezzando la tensione che bruciava tra di noi.

Dovetti fare una manciata di respiri profondi prima di poter alzare lo sguardo. Quando lo feci, la vidi posare sul tavolo un vassoio con dei piccoli rettangoli di torte, tutte diverse tra loro.

«Cosa sono?» domandai.

«Beh, sono entrata per prendere dei cannoli, ma poi io e la pasticciera ci siamo messe a parlare e le ho detto che stavi organizzando un matrimonio. Una cosa ha portato a un'altra e sono tornata a casa con questi» spiegò tutto d'un fiato.

Trattenni a stento un sospiro. Io e Jackson eravamo fidanzati ufficialmente da un po' di tempo ormai, ma non avevamo organizzato quasi nulla per il matrimonio. Non che questo avesse fermato mia madre. Era così desiderosa di avere "il più bel matrimonio di sempre" che si impicciava costantemente. Non potevo biasimarla. Curava eventi per associazioni benefiche e raccolte fondi di continuo, quindi organizzare feste ce l'aveva nel sangue. Pianificare le nozze di suo figlio era l'apice della sua felicità, stando alle sue parole.

Guardai Jackson e notai che il fuoco nei suoi occhi si era attenuato. Quando i nostri sguardi si incrociarono, mi sorrise, ma sembrava un sorriso forzato. Jackson tendeva a essere di poche parole riguardo al matrimonio, e questo mi turbava, ma non ero troppo preoccupato. Ci amavamo, e se i matrimoni in grande stile non lo entusiasmavano, mi stava bene. L'unica cosa che mi importava era poterlo chiamare marito.

«Grazie, mamma. Sembrano deliziosi.»

Lei sospirò sollevata. «Oh, bene. So che dovrei aspettare il vostro via libera, ma non ho potuto trattenermi. E che male c'è in qualche dolce in più?» Si sedette e iniziò a spiegare tutti i gusti. C'erano circa nove diverse combinazioni di torte, tutte con diversi ripieni e glasse, e a metà spiegazione iniziai a confondermi. «Ha detto che potete chiamare e programmare una degustazione migliore. Allestirà un'intera esposizione in modo che possiate creare le vostre combinazioni. È davvero fantastica, una delle migliori pasticciere della zona. Ha anche partecipato a una di quelle gare di pasticceria e ha vinto.»

«Sembra costosa» mormorò Jackson.

«Sciocchezze» disse mia madre, liquidando il suo commento con un gesto della mano. «Non esiste niente di simile quando si tratta di pianificare il vostro matrimonio. A proposito, avete già fissato una data?»

Guardai Jackson, che però teneva lo sguardo fisso sul piatto davanti a sé, schiacciando la forchetta negli avanzi della torta. Sapevo che era frustrato quanto me per il fatto di non avere una data stabilita. L'unica differenza era che era lui a rimandare.

«Daniel non è ancora in grado di dire a Jackson quali giorni liberi può prendersi. Sta aprendo quel nuovo locale a New York e avrà bisogno che Jackson lo copra mentre è via. Quindi stiamo cercando di organizzarci di conseguenza.»

«Beh, è terribilmente egoistico da parte sua.»

«Mamma.»

«Si tratta del matrimonio di mio figlio» sostenne lei in tono difensivo. «Una madre vuole organizzare queste cose.»

Posai una mano sulla sua. «Lo so, e lo apprezziamo entrambi. Non appena avremo una data, te lo faremo sapere subito.»

Mia madre mi rivolse un piccolo sorriso, girando il palmo verso l'alto e stringendomi la mano. «Grazie.»

Spostai lo sguardo su Jackson e lo trovai a fissare le nostre mani unite con qualcosa di simile al senso di colpa negli occhi, ma di sicuro mi stavo sbagliando. Probabilmente era solo un senso di nausea provocato da tutti i dolci che avevamo mangiato. «Sei pronto ad andare?» gli chiesi.

Lui sbatté le palpebre e incrociò il mio sguardo, fissandomi con nient'altro che amore negli occhi. Forse mi ero immaginato tutto. «Sì» rispose, alzandosi e apprestandosi a sbarazzare la tavola.

«Non preoccuparti» lo fermò mia madre. «Vi ho trattenuto già abbastanza a lungo, ragazzi. Andate a casa e dormite un po'. Ci penso io a pulire.»

«Sei sicura?»

«Certo.»

«Ok. Domani ho una riunione, quindi te ne sono davvero grato» le dissi.

«Saluta Carina da parte mia, mi raccomando.»

«Lo farò.»

Anche se io e Carina avevamo rotto il nostro fidanzamento in modo brutale eravamo rimasti comunque amici. Era stata la mia migliore amica per la maggior parte della mia vita. Quindi, anche se le ci era voluto un po' per non odiarmi, giustamente, era diventata di nuovo mia amica. Non saremmo mai stati uniti come una volta, ma lei era una figura straordinariamente importante sia nella mia vita che in quella di Jackson. Diavolo, se non fosse stato per lei, non mi sarei mai messo con Jackson.

Mia madre ci accompagnò alla porta, assicurandosi che portassimo a casa i dolci avanzati, e si fermò sul portico mentre ci avviavamo verso l'auto.

«Grazie ancora per la cena, mamma» disse Jackson.

«Non dimenticatevi di farmi sapere qual è il vostro gusto preferito, ok?»

Annuimmo entrambi e chiudemmo le portiere. Non eravamo nemmeno arrivati alla fine del lungo viale quando Jackson infilò la mano tra le mie gambe. «Voglio sapere qual è il tuo gusto preferito mentre lo assaggi direttamente dal mio uccello.»

Premetti il piede sull'acceleratore e infransi alcune regole stradali per tornare a casa il prima possibile per scoprirlo.

2

JACKSON

Mi coprii lo sbadiglio che minacciava di dislocarmi la mascella prima di portarmi il caffè alle labbra.

In piedi davanti al Netherland Plaza, scrutando la folla in cerca di Jake, mi chiesi quand'era stata l'ultima volta che non avevo sbadigliato costantemente. Almeno un mese fa. Forse due?

Facevo turni extra al Voy *e* al Voyeur cercando di risparmiare ogni centesimo. Tra la fisioterapia di Andrew, la sua nuova attrezzatura medica e questo matrimonio che cresceva di secondo in secondo, non ero sicuro che ci fossero abbastanza ore in un giorno per lavorare per coprire tutte le spese.

Ero tentato di ricominciare a esibirmi al Voyeur solo per guadagnare più soldi. Naturalmente non avrei mai fatto una cosa del genere a Jake, ma dannazione, faticavo a tirare avanti. Un anno fa doveva sposarsi con una donna di successo che avrebbe potuto pagarsi il matrimonio dieci volte, e ora aveva me, un poveraccio che faticava a sbarcare il lunario.

Ovviamente non glielo avevo detto, perché mi avrebbe dato del pazzo e affermato che ciò che era suo era mio. Avrebbe liquidato la faccenda e detto che se sua madre era la ragione per cui il matrimonio stava diventando così sfarzoso, allora avrei dovuto lasciare che fosse lei a pagarlo. Ma Joanne non era mia madre, non davvero. La mia era morta anni fa e non mi aveva lasciato molto. Non avevo un parente che poteva pagare metà delle spese mentre mi dava in matrimonio.

A chi era venuta in mente questa stronzata, comunque?

Ma soprattutto non glielo avevo detto perché sembrava sempre così contento quando sua mamma parlava dei preparativi del matrimonio. Non gli importava di quest'ultimi, ma amava dare a sua madre qualcosa su cui concentrarsi e questo mi rendeva felice. Moglie appagata, vita beata.

Una risatina mi sfuggì dalle labbra quando immaginai la sua reazione se l'avessi chiamato mia moglie.

Non avrei mai creduto che mi sarei ritrovato qui, fidanzato e in procinto di sposarmi con un uomo. Avevo sempre saputo di essere bisessuale, ma non avrei mai pensato di trovare qualcuno per cui valesse la pena di sistemarmi.

Finché non avevo incontrato lui.

Vidi il suo viso attraverso il finestrino dell'auto a noleggio, ma mi si mozzò il fiato quando scese e mi rivolse quel sorriso perfetto. Combattei l'impulso di corrergli incontro e attirarlo a me per dargli un bacio appassionato proprio lì sulla strada trafficata. Desideravo sentire la sua barba ruvida sfregare contro la mia bocca mentre banchettava aggressivamente con le mie labbra.

Sua madre avanzò dietro di lui, ma prima che potessi salutarla, Jake si sporse in avanti per stamparmi un rapido bacio sulle labbra. «Ciao.»

Deglutii alla sua vicinanza, cercando di ritrovare la salivazione. «Ciao.»

Intrecciò le dita alle mie e avvolse l'altra mano intorno a quella con cui reggevo il bicchiere, costringendomi a portarlo alle sue labbra. Non staccò gli occhi dai miei mentre beveva un sorso, e mi chiesi come diavolo fosse possibile che la vista delle sue labbra che si chiudevano attorno al coperchio del mio caffè d'asporto potesse farmi contrarre l'uccello nei pantaloni.

«Ciao, Jackson» mi salutò Joanne, fermando la mia erezione sul nascere.

«Ciao, Joa... mamma.» Dovevo ancora abituarmi a chiamarla così. Mi voleva bene come un figlio e le ero molto affezionato, quindi non avevo problemi nel farlo. Ma la conoscevo da quando io e Jake andavamo al college e l'avevo sempre chiamata signora Wellington o Joanne.

Mi tirò giù in modo da potermi dare un casto bacio sulla guancia. «Mi piace sentirtelo dire.»

«Qualunque cosa per renderti felice.»

Mi rivolse un sorriso amorevole, come avrebbe fatto qualsiasi mamma. «Andiamo dentro. Abbiamo appuntamento con Andre Dorne per un tour.»

Ero entrato nel Netherland Plaza solo una volta quando i miei genitori avevano partecipato a una raccolta fondi e mi avevano portato con sé. Avevo osservato a bocca aperta gli arredi in legno scuro e oro e i disegni intricati. Mi era apparso maestoso e soffocante a dodici anni. Era *ancora* soffocante per me. Adesso guardavo gli arredi antichi e tutto quello che vedevo era il simbolo del dollaro. Questo posto era costoso, e non in modo sottile, ma in modo lampante.

Joanne salutò un uomo magro in abito scuro dall'aria un po' altezzosa ma con un sorriso genuino e una stretta di mano decisa. Passammo l'ora successiva a vedere una sala dopo l'altra e ad ascoltare la storia che rendeva unica ciascuna di esse, oltre a una selezione di quelle preferite dalle coppie. Joanne restò sbalordita da tutto. Più era grande, più l'eccitazione le illuminava il viso.

Jake annuì e prestò attenzione, tenendomi per mano finché non mi allontanai con la scusa di dover usare il bagno. In realtà, avevo bisogno di scappare prima che si accorgesse di quanto mi sudassero le mani ad ogni opzione. Mi bagnai il viso e feci alcuni respiri profondi. Sembravo stanco come mi sentivo. Le occhiaie facevano apparire i miei occhi marroni ancora più scuri.

Scuotendo la testa, coprii un altro sbadiglio e uscii dal bagno. La risata di Jake echeggiò fino a me, facendomi stringere il cuore e costringendolo a battere più forte e più veloce. Come accadeva sempre. Lo amavo. Lo amavo con ogni cellula del mio corpo. Vederlo con la testa reclinata all'indietro in preda alla gioia, circondato dall'oro che combaciava con i suoi capelli, mi rammentò quell'amore. Le mie labbra si curvarono in un sorriso e in quel momento capii che mi sarei sposato ovunque lui volesse. Avrei fatto turni tripli al lavoro se ciò significava renderlo felice come lo era ora.

Quando mi riunii al gruppo, Andre aprì il raccoglitore che teneva con sé. «Allora, avete già in mente una data?»

Tre paia d'occhi si voltarono verso di me e mi ritrovai a balbettare, incespicando con le parole come se non avessi mai sentito parlare di un calendario in vita mia. «Uhm... Io, ehm... in che mese siamo?»

Joanne mi diede uno schiaffo scherzoso sul petto. «Sei troppo divertente, Jackson.»

Emettendo una risata, feci finta di niente, ma non potei ignorare il modo in cui Jake socchiuse gli occhi per la mia reazione.

«Non abbiamo ancora deciso una data» rispose tranquillamente al mio posto.

«Mmh.» Andre abbassò gli occhiali fino all'estremità del naso e fece scorrere il dito lungo la pagina. «Abbiamo avuto una cancellazione per novembre, fra cinque mesi, poco prima del Ringraziamento.» Alzò lo sguardo e sorrise come se ci stesse dando i numeri vincenti della lotteria.

Joanne batté le mani per l'eccitazione mentre io mi passai le dita tra i capelli, cercando disperatamente le parole giuste.

«Oh, uhm, così presto.» Guardai Jake, che aveva ancora uno sguardo interrogativo sul viso. «Dovrò parlarne al lavoro.»

«Si assicuri di farlo presto perché una cancellazione viene colmata velocemente. Di solito vi metterei nella nostra lista d'attesa, ma mi piacete così tanto che voglio assolutamente che vi sposiate qui.» Era un tantino esagerato, ma considerando che Joanne aveva accettato ogni singolo pacchetto extra, ero sicuro che voleva quella commissione più di quanto tenesse al nostro matrimonio.

«Grazie mille, Andre» disse Joanne. «Ti ricontatteremo sicuramente al più presto.»

Lo salutammo tutti con una stretta di mano e poi uscimmo. L'aria calda e umida di Cincinnati a giugno mi riempì i polmoni, cancellando il panico soffocante che mi aveva assalito in quell'hotel.

«Vi lascio da soli così potete parlare. Io vado a bere qualcosa con un'amica. Mi raccomando, tenetemi aggiornata su ciò che decidete» disse Joanne, allontanandosi.

Io e Jake facemmo appena due passi prima che quest'ultimo mi facesse la domanda che temevo. «Cosa c'è che non va?»

«Niente» risposi, le spalle curve e gli occhi incollati al marciapiede.

«Andiamo, Jackson. Non dirmi stronzate.»

«È solo che non capisco tutta questa fretta.»

«Non c'è nessuna fretta.»

«Eppure eccoci qui. Non posso nemmeno prendermi un giorno libero in questo momento e tu vuoi che ti dica se posso prendermi un'intera settimana libera tra cinque mesi.» Le parole trovarono una crepa nella fortezza dietro la quale le tenevo imprigionate e iniziarono a riversarsi fuori. «Sono impegnatissimo, dannazione. E presto lo sarai anche tu visto che il congedo di maternità di Carina si avvicina. Cosa vuoi fare? Mandare a fanculo tutto e lasciare che gli altri affrontino le conseguenze?»

«Non è questione di essere impegnati, Jackson. Siamo fidanzati ufficialmente da sei mesi e tu non vuoi parlare affatto del matrimonio.»

«E tu sei gay da solo un anno. Le cose richiedono tempo, Jake. Io non ti ho messo fretta, quindi non osare metterla a me» grugnii, invadendo il suo spazio.

Desiderai rimangiarmi le parole non appena le pronunciai. Vedere il suo viso accartocciarsi per il dolore indusse il mio cuore a fare lo stesso.

«È di questo che si tratta? Non sono abbastanza gay per te?»

«No, non è quello che intendevo.» Mi passai le mani tra i capelli, tirandoli per alleviare parte della tensione.

«Stai rimandando perché pensi che scapperò di nuovo? Che ti lascerò?»

«No, certo che no.»

Avanzò verso di me fin quasi a toccarmi il petto, parlandomi così vicino alla bocca da sfiorarmi le labbra con il suo respiro. «Perché se è questo ciò che ti preoccupa, Jackson, mi inginocchierò proprio qui e mostrerò al mondo intero quanto amo il tuo cazzo, quanto amo te. Mi dispiace di aver avuto paura in passato, ma ho lavorato sodo per mostrarti che sarei pronto a gridare ai quattro venti che sono tuo.»

Mi odiavo. Jake aveva faticato ad accettare il fatto di amarmi – me, un uomo – quando ci eravamo messi insieme, ma ora rivendicava il nostro amore senza paura, e non volevo che pensasse che lo mettessi in dubbio.

«Scusa, io... mi dispiace.»

Non disse nulla e non potevo biasimarlo. Il mio tentennamento non aveva nulla a che fare con la sua sessualità. Niente di tutto ciò importava. Ci amavamo e questo era ciò che contava per entrambi.

Gli presi le guance tra i palmi, costringendolo a guardarmi negli occhi. «Ti amo.» Sporgendomi in avanti, gli premetti un bacio appena percettibile sulle labbra. «Scusa se sto facendo il difficile. Sto lavorando molto e sono stanco. Ma so che non è una giustificazione valida.»

Si sporse anche lui in avanti per darmi un bacio più deciso che accettai con sollievo. «Ceniamo insieme stasera e andiamo a bere qualcosa al Voy.»

«Ok.» Annuii e rubai un altro bacio. «Ti amo. Più di qualsiasi altra cosa.»

«Ti amo anch'io.»

La stretta intorno al mio petto si allentò alle sue parole e capii che sarebbe andato tutto bene.

3

Jake

Infilandomi la cartellina piena di documenti sotto il braccio, chiusi a chiave la porta dell'ufficio. Non avevo programmato di venire qui di sabato, ma Jackson aveva ricevuto una telefonata in cui lo informavano di essere a corto di personale al Voy, mandando a monte i nostri piani per la cena. Avevamo deciso di incontrarci più tardi per un drink e, per ammazzare il tempo, avevo pensato di rispondere ad alcune brevi e-mail.

Ero quasi arrivato all'ascensore quando una luce proveniente da una porta aperta in fondo al corridoio attirò la mia attenzione. La porta di un ufficio che conoscevo molto bene. Mi diressi a grandi passi in quella direzione e sbirciai dentro. Carina era in piedi, ma teneva lo sguardo abbassato su alcuni fogli sulla scrivania. Si portò una ciocca di capelli dietro l'orecchio, ma un attimo dopo le cadde di nuovo in avanti. Era un gesto così familiare che ridacchiai.

Carina alzò la testa di scatto e puntò gli occhi azzurri nei miei. «Ehi, Jake.»

Le labbra le si curvarono in un caloroso sorriso. Un sorriso che parlava di anni di amicizia e non del dolore provato alla rottura del nostro fidanzamento. Ero fortunato che mi avesse perdonato perché non ero sicuro di cosa avrei fatto senza di lei nella mia vita. A parte Jackson, nessuno mi conosceva meglio di Carina, la donna che avrei dovuto sposare prima che mi innamorassi di Jackson.

«Cosa ci fai qui di sabato?» le chiesi.

Lei raddrizzò la schiena e si portò immediatamente la mano sul ventre prominente. «Potrei farti la stessa domanda.»

«Jackson è stato chiamato per dare una mano al locale, quindi ho pensato di lavorare un paio d'ore prima di incontrarlo per un drink.»

Annuì in segno di comprensione. Entrambi eravamo intenzionati a gestire l'azienda creata dai nostri padri, ed ero certo che ci aspettavano molti altri sabati da trascorrere in ufficio.

«Ho quasi finito. Devo solo rispondere a qualche altra email» disse.

«Beh, non attardarti troppo.» Feci per andarmene quando mi voltai di nuovo indietro. «Ehi, dovresti raggiungerci al locale più tardi.»

Si fissò palesemente il pancione e poi mi guardò con un sopracciglio inarcato. «Una donna incinta entra in un locale. Sembra l'inizio di una brutta barzelletta.»

Proruppi in una risata, perché Carina riusciva sempre a farmi ridere. Avrei dovuto accomiatarmi, invece restai lì e la osservai. Era sempre bellissima, ma la gravidanza la faceva davvero risplendere. Sposarla sarebbe stato un errore per entrambi, ma l'avrei sempre amata, e proprio per questo motivo mi sarei sempre preoccupato per lei. «Sei felice?»

Chiuse gli occhi e sospirò mentre un sorriso contento le sbocciava sul viso. «Molto.»

«Sarai una mamma fantastica.»

«Grazie, Jake.»

«E anche se hai mantenuto il silenzio su chi è il padre, spero che questi sappia quanto è fortunato.»

Abbassò brevemente lo sguardo sulla scrivania prima di sorridermi di nuovo.

«Ci vediamo lunedì, Carina. Non restare fino a tardi.»

E con questo, lasciai la mia ex fidanzata per unirmi al mio attuale fidanzato.

JACKSON

Jake entrò nel locale e, come una calamita, i miei occhi si puntarono su di lui, il che non c'era da stupirsi visto i suoi capelli biondi e la sua alta statura. Incrociò il mio sguardo e sorrise, strappandomi il respiro dai polmoni.

Lo osservai mentre si faceva largo tra la folla verso di me, che ero già seduto al bancone del bar sorseggiando una birra con mio fratello. Fortunatamente era arrivato un rimpiazzo non molto tempo fa, permettendomi di avere il resto della serata libera.

«Ehi, Andrew» salutò Jake senza staccare gli occhi da me.

Prima che mio fratello potesse ricambiare il saluto, Jake mi aveva già afferrato il viso, attirandomi a sé per un bacio profondo. Non riuscii a trattenere il gemito che mi scaturì dal petto. Ogni volta che mi reclamava in pubblico, il mio amore per lui cresceva. Sapevo quanto era stato difficile per lui ammettere pubblicamente di amare un altro uomo e provavo un immenso orgoglio per il fatto che lo dimostrasse così apertamente, che lo dimostrasse così apertamente per me.

«Così, ragazzi! Dateci dentro» fischiò mio fratello accanto a noi.

«Questo non è il Voyeur, quindi vi suggerisco di mantenere una certa discrezione» scherzò Daniel, il proprietario del Voyeur e l'altro comproprietario di questo locale, seduto dall'altra parte di Andrew.

Jake indugiò ancora un momento prima di ritrarsi e salutare Daniel con una pacca sulla spalla e sedersi a sua volta con una birra in mano. «Com'è andato il tuo appuntamento, Andrew?» chiese, sporgendosi oltre di me.

«Benissimo» rispose mio fratello mentre strizzava l'occhio a una ragazza dall'altra parte del bar. Lei chinò la testa con un sorriso.

«Così bene che ne stai già cercando un'altra?» domandai.

Andrew mi diede una pacca sulla schiena. «Ci sono troppi pesci nel mare per accontentarsi di uno solo, fratello.»

Alzai gli occhi al cielo mentre Daniel ridacchiava.

«Com'è andata l'ispezione della location oggi?» si informò Andrew.

«Bene. È un posto magnifico. Vogliamo solo prenderci un po' di tempo per pensarci bene e guardarci un altro po' intorno» mi affrettai a spiegare prima che Jake potesse sollevare l'intera questione della data da fissare.

«Allora, sarai la sposa tutta vestita di bianco?» mi chiese Andrew, un sorrisetto divertito sulle labbra. «Vuoi che ti accompagni all'altare? Posso sollevarti il velo e baciarti la guancia. Magari persino versare una lacrima per come ti sei fatto grande.»

Gli rivolsi il mio migliore sguardo impassibile, cosa che servì solo a farlo ridere.

Una mano ruvida scivolò sulla mia, distogliendo la mia attenzione e risparmiandomi di dover rispondere. Le labbra di Jake si avvicinarono al mio orecchio. «Balla con me.»

Misi da parte la birra e lasciai che mi conducesse sulla pista da ballo. Jake era un bravo ballerino, ma io lo ero di più. Avevo imparato a ballare in modo sensuale quando lavoravo al Voyeur. Alcune persone avevano fantasie sugli spogliarellisti, e io ero stato più che felice di metterle in atto.

Ci muovemmo al ritmo sostenuto della musica, ma quando partì una canzone più lenta dei Pearl Jam, Jake mi afferrò per i fianchi e mi tirò a sé, allineando perfettamente i nostri inguini. Facendo scivolare le mani intorno al suo collo, affondai le dita nei suoi capelli e chiusi gli occhi alla sensazione della sua crescente erezione che sfregava contro la mia. A un certo punto, Jake insinuò una gamba tra le mie, quel tanto che bastava per strofinarla contro le mie palle dolenti, e fui quasi sul punto di venire lì sulla pista da ballo.

Alla fine della canzone, ero ansimante e disperato. Non dissi niente quando intrecciai le dita alle sue e lo trascinai dietro di me in bagno. Non appena mi assicurai che fosse vuoto, chiusi a chiave la porta e lo spinsi in ginocchio.

«Succhiami. Voglio venire nella tua bella bocca.»

«Forse non voglio farlo.» Mi guardò con un luccichio provocante negli occhi, ma non si affrettò ad alzarsi mentre mi slacciavo la cintura. «Forse voglio farti aspettare un po' più a lungo, finché non torniamo a casa.»

«Sta' zitto e mettiti al lavoro.»

I suoi occhi si velarono di lussuria quando tirai fuori

l'uccello e me lo sfregai rudemente un paio di volte proprio davanti al suo viso. Cazzo, ero così duro che se non fossi entrato nella sua bocca il prima possibile, avrei...

Quel pensiero si interruppe con un gemito che mi sfuggì dalla gola quando Jake mi leccò il glande, infilando la lingua nella piccola fessura in cima. «Oddio, sì.»

Barcollai all'indietro contro il bancone del bagno e Jake mi afferrò per i fianchi prima di abbassare la testa e prendermi più a fondo che poteva, avvolgendo ogni centimetro di me con il calore della sua bocca mentre sfregava la lingua sul lato inferiore. Affondai le dita nei suoi capelli e mi costrinsi ad abbassare gli occhi e a guardare le sue labbra allargarsi intorno alla mia grossa erezione.

«Di più» riuscii a malapena ad ansimare. «Voglio che mi prendi in gola. Fino in fondo, tesoro.»

Senza esitare, Jake iniziò a succhiarmi con foga. Quando la pelle mi si tese al massimo e l'elettricità mi corse lungo la schiena, gli afferrai la testa e gli scopai la bocca con forza. Lui tenne duro e mi lasciò fare quello che volevo.

«Vuoi il mio sperma?» chiesi mentre lo tenevo fermo su di me, le sue labbra premute contro la base del mio sesso. Lui alzò lo sguardo meglio che poteva, gli occhi che gli lacrimavano per la pressione esercitata dal mio glande sulla sua gola, e in qualche modo riuscì ad annuire.

Nell'istante successivo, lo spinsi via, facendolo boccheggiare, ma subito dopo lo premetti di nuovo su di me e corsi verso il traguardo finale. Se qualcuno stava aspettando fuori dal bagno, avrebbe saputo esattamente cosa stava succedendo qui dentro da quanto forte gemetti mentre venivo. Gli lasciai andare la testa in modo da poter afferrare il bancone dietro di me per reggermi in piedi. A quel punto, lui prese il sopravvento, muovendo la bocca su e giù e raccogliendo ogni goccia del mio orgasmo.

Rimasi lì, ansimando per riprendere fiato, mentre Jake si alzava in piedi e mi allacciava i pantaloni. Protendendosi in avanti, mi baciò e mi lasciò assaporare il gusto salato di me stesso sulla sua lingua.

«Ora dobbiamo andarcene perché, per quanto voglia piegarti su questo bancone e scoparti, ho bisogno di più tempo per tutte le cose che intendo farti» ringhiò contro le mie labbra.

Non aspettai altre indicazioni. Aprii la porta e mi fiondai fuori, trascinandolo con me e spingendo da parte chiunque mi stesse davanti per raggiungere l'uscita.

«Jackson» sentii Tony, il barista, chiamarmi da dietro il bancone prima che raggiungessi la porta. Feci un respiro profondo per non aggredirlo. Sarebbe logico pensare che un ragazzo appena venuto con impeto come me sia meno teso, ma la promessa del piacere di Jake era sospesa davanti a me come una carota e odiavo dover distogliere lo sguardo. «Dove sono quelle cannucce che abbiamo appena ricevuto?»

Accasciai le spalle e lanciai un'occhiata di scuse a Jake. «Ci vorrà solo un minuto, promesso.»

«Posso prenderle io» si offrì Daniel.

«No, sono dietro ad altra roba, non dove sono di solito. Le prendo e poi ce ne andiamo.»

«Fai in fretta. Ho bisogno di stare dentro di te» mormorò Jake contro il mio collo prima di lasciarmi andare.

4

JAKE

Trattenni un lamento mentre guardavo Jackson tornare nel corridoio da cui eravamo appena arrivati. Avrei dovuto piegarlo sul lavandino quando ne avevo avuto la possibilità. Qualsiasi cosa pur di dare sfogo al dolorante desiderio che mi induriva l'uccello a livelli pericolosi. Mi ero sfilato la camicia dai pantaloni e sistemato la patta per nascondere la vistosa erezione, ma ero sicuro che avrebbe potuto sfondare un muro di cemento.

Andai al bancone del bar e mi scolai la birra che Andrew aveva di fronte a sé.

«Ehi! Solo perché ti hanno bloccato sul più bello non significa che puoi rubare la mia birra.» Quando non risposi, fece un sorrisetto. Mi preparai, perché ogni volta che un Fields assumeva quell'espressione, qualcosa di sconcio stava per uscire dalla sua bocca. Con Jackson, l'adoravo. Con Andrew, trattenni il fiato e sperai per il meglio. «Allora, com'era il bagno?» domandò, agitando le sopracciglia e portandosi un pugno alla bocca, imitando un pompino.

Scoppiai a ridere, perché non potei farne a meno, e l'erezione che mi tendeva i pantaloni cominciò ad afflosciarsi.

«Dio, sei un pervertito» disse Daniel con una risata.

Andrew si strinse nelle spalle, impenitente, e bevve la nuova birra che il bloccacazzi – cioè, il barista – gli mise davanti.

Sporgendomi in avanti per vedere oltre Andrew, colsi l'occasione per parlare con Daniel mentre Jackson non c'era. «Ehi, posso chiederti un favore?»

Daniel appoggiò entrambi i gomiti sul bancone, prestandomi la sua completa attenzione. «Spara.»

«Puoi dare un po' di tregua a Jackson? Lo stai facendo lavorare dannatamente tanto ed è esausto.»

Daniel inarcò le sopracciglia fino all'attaccatura dei capelli e avrei dovuto capire allora che qualcosa non andava. Ma una volta trovato uno sfogo per alcune delle mie frustrazioni, sentii il bisogno di buttare fuori tutto.

«Stiamo cercando di pianificare il matrimonio, ma tutto è in sospeso finché non darai a Jackson una data certa su quando aprirai il Voyeur a New York.»

Aggrottò le sopracciglia e arricciò le labbra. «Cosa? È questo che ha detto?»

«Sì.»

La risatina di Andrew iniziò lenta e debole, ma in breve tempo si trasformò in una risata fragorosa. Gettò la testa all'indietro e batté le mani sul bancone un paio di volte. Quando si calmò a sufficienza, si asciugò le lacrime dagli occhi e mi guardò. «Sul serio?» Quando continuai a fissarlo come se avesse perso il senno, sganciò una bomba che non mi sarei mai aspettato. «Daniel gli ha detto che poteva prendersi tutto l'anno libero per sposarsi se voleva.»

Il mio petto si lacerò. Lentamente all'inizio, solo qualche crepa, ma quando assimilai le parole, divenne un'enorme voragine.

Andrew rise di nuovo, come se il fatto che Jackson mi avesse mentito, inventando scuse per non sposarmi, fosse la cosa più divertente che avesse mai sentito. Quando notò il mio sguardo spento, smise all'istante. «Oh, giusto. Non è divertente.»

«Che cazzo significa?» sussurrai tra me e me. Come poteva farmi questo? Perché lo stava facendo?

«È così» confermò piano Daniel, probabilmente notando il mio turbamento e aspettandosi che esplodessi da un momento all'altro. «Può andare in ferie quando vuole. Sta chiedendo di fare tutti gli straordinari possibili di propria volontà. Diavolo, non lo vedevo lavorare così duramente da quando aveva difficoltà a pagare le spese mediche di Andrew. Sta facendo qualsiasi lavoro disponibile.»

«Qualsiasi?» Mi si gelò il sangue nelle vene. «Anche al Voyeur?» Il club dove prima si esibiva in atti sessuali per degli sconosciuti. Dove aveva rapporti sessuali con altri. Stava lasciando che altre persone lo toccassero? Oh Dio, stavo per sentirmi male.

«No, non quello» disse Daniel, affrettandosi a rassicurarmi. «Non lo farebbe mai, Jake. Si occupa solo della sala e del bar.»

Non gli piaceva nemmeno lavorare come barista, allora perché stava chiedendo di farlo più spesso? Tirando un respiro profondo nel tentativo di apportare una maggiore quantità di ossigeno al cervello così da poter pensare razionalmente per un minuto, riflettei su quanto appreso. Ripensai agli ultimi mesi e cercai di capire cosa mi era sfuggito.

Soldi.

Chiusi la mano a pugno sul bancone e serrai la mascella. Si trattava di soldi, cazzo. Ogni volta che mia madre sollevava un argomento, gli occhi di Jackson assumevano quello sguardo. Quello che avevo ignorato e attribuito allo stress.

Più pensavo a tutte le bugie che mi aveva detto, a tutte le scuse che aveva accampato per non fissare una data, più le mie emozioni vorticavano incessanti sulla ruota della roulette finché non si fermarono tra la frustrazione e la rabbia e il senso di colpa per non averlo notato prima. Ma tutto questo avrebbe potuto essere evitato se solo mi avesse parlato. Ci eravamo promessi di dirci sempre tutto, senza peli sulla lingua.

Beh, mi avrebbe sicuramente detto tutto stasera, non importava cosa dovessi fare per tirarglielo fuori. Avremmo fissato una data per il matrimonio una volta per tutte, cazzo.

Jackson

Avevo appena tirato fuori le cannucce dall'angolo in cui le avevo messe quando la porta del magazzino si spalancò di colpo, andando a sbattere contro il muro.

«Che cazzo succede?» Mi alzai, pronto a redarguire chiunque pensasse che sbattere le porte nel mio locale fosse una buona idea.

Le parole mi morirono in gola quando vidi Jake nella penombra del corridoio. Teneva le spalle tirate all'indietro e le mani serrate lungo i fianchi. Curvai all'insù un angolo della bocca, contento di vedere quanto fosse ansioso di toccarmi. Ma quando percorsi il suo corpo con lo sguardo fino a raggiungere il suo viso, mi resi conto che probabilmente non era il desiderio a renderlo teso.

Il muscolo della sua mascella si contraeva così forte che potevo vederlo al di sotto della barba. Le narici erano dilatate e gli occhi infuriavano come il mare in tempesta.

Lasciai andare la scatola e corsi da lui con le mani alzate, preoccupato per quello che lo aveva turbato così tanto. «Jake, cos'è successo?»

«Andiamo a casa. Ora.»

«Cosa? Ja...»

«Adesso, cazzo.»

Mi bloccai, lasciando cadere le mani lungo i fianchi, scioccato dal fatto che mi stesse quasi urlando contro. Jake alzava raramente la voce e mai con me.

Mi afferrò il braccio e mi tirò dietro di sé, oltrepassando Daniel, che aveva un'aria colpevole.

Cosa diavolo stava succedendo?

Cercai di fermarlo, ma usò la forza bruta per trascinarmi fino alla porta, spingendo via le persone senza scusarsi. L'aria fresca della notte mi investì non appena uscimmo fuori. Stavo ancora cercando di spiegarmi il suo improvviso cambio di umore, perciò gli arrancai dietro attraverso il parcheggio finché non raggiungemmo la sua auto.

«Jake?»

«Sali in macchina, Jackson. Parleremo quando arriveremo a casa.»

«Posso almeno sapere cosa diavolo è successo?»

Chiuse gli occhi e sembrò contare fino a dieci. «Ti prego.»

La confusione era stata l'unica emozione che avevo provato da quando aveva fatto irruzione nel magazzino. Ma il tono implorante in cui mi supplicò di non insistere, il modo in cui rimase in silenzio per tutto il tragitto verso casa, fece sì che la paura mi travolgesse come non mi era mai successo prima.

Stavo per perderlo. Non sapevo perché, ma potevo sentirlo nelle ossa. Stavo per perderlo.

Avrei dovuto sposarlo quando ne avevo avuto la possibilità.

5

Jackson

Il clic della porta d'ingresso che si chiudeva sembrò il preambolo della nostra fine, come l'ultimo colpo sparato che ci avrebbe uccisi. Ero così concentrato su tutte le ragioni per cui volesse farla finita, che venni completamente colto alla sprovvista dalla mano che si posò bruscamente sulla mia spalla e che mi sbatté contro la porta. Sussultai quando urtai forte la testa contro la superficie. Aprii gli occhi e mi ritrovai Jake proprio davanti alla faccia, lo sguardo acceso di rabbia.

Poteva essere arrabbiato con me quanto voleva, ma mi aveva fatto male e il dolore fece divampare la frustrazione che provavo. Serrai la mascella per trattenere le parole rabbiose che mi ribollivano dentro e attesi che parlasse lui per primo. Quando lo fece, tutto il respiro mi venne risucchiato via dai polmoni.

«Perché non vuoi fissare una data?»

«Cosa?» Finsi di non capire. Magari non lo sapeva.

«Perché?» gridò a pochi centimetri dal mio viso.

Non sopportavo di mentirgli spudoratamente in faccia, e la rabbia che gli colorava gli occhi stava lasciando il posto al dolore. Odiavo vederlo soffrire.

«Te l'ho detto» mormorai, abbassando lo sguardo di lato. Non era una vera e propria bugia, più che altro un'elusione.

«Stronzate» ringhiò, spingendomi di nuovo contro la porta e bloccandomi sul posto. Incrociai di scatto i suoi occhi mentre la mia stizza aumentava a ogni spinta aggressiva. «Ho appena chiesto a Daniel di concederti del tempo libero per organizzare il matrimonio.»

Aprii e chiusi la bocca come un pesce fuor d'acqua.

«Immagina quanto mi sia sentito stupido quando mi sono accorto che non aveva idea di cosa intendessi.»

Stavo annaspando, arrabbiato con me stesso per aver mentito, imbarazzato per le ragioni per cui avevo mentito in primo luogo. Il rossore mi imporporò le guance, facendomi incazzare. «Se non volevi sentirti stupido, allora non avresti dovuto ficcanasare.»

«Hai ragione» rispose con fin troppa calma. «Perché il mio fottuto fidanzato avrebbe dovuto dirmelo, cazzo.»

Non sapevo cosa dire. Non sapevo cosa fare. Quindi rimasi lì muto, inchiodato alla porta, serrando la mascella e aspettando che mettesse fine a tutto.

Jake non apprezzò il mio silenzio e si avvicinò ulteriormente, fermandosi a pochi centimetri da me, senza trattenere un briciolo della frustrazione che provava. «Allora, perché cazzo non hai fissato una data? E prova a essere un po' più onesto stavolta.»

Il suo tono condiscendente mi diede sui nervi perché sapeva esattamente quanto mi avrebbe irritato. Sapeva cosa mi faceva arrabbiare più in fretta, e quando qualcuno mi parlava come se fossi un bambino, mi incazzavo terribilmente.

Lo spinsi all'indietro, cercando di guadagnare un po' di terreno in questa battaglia persa. «Che ne dici se innanzitutto la smetti di starmi addosso?»

«Non cambiare argomento, Jackson.»

Infilandomi una mano tra i capelli, afferrai le ciocche e le tirai, sentendo il bisogno di quella leggera stilettata. «Cristo» dissi in tono beffardo. «Mi hai trascinato fuori di lì come un bambino che sta per essere sculacciato.»

«Si può sempre fare.»

Normalmente avrei risposto con un sonoro sì e lo avrei piegato sul divano per sculacciarlo mentre lo scopavo. Ma sapevo che questa volta non l'aveva inteso in modo scherzoso, così gli lanciai un'occhiataccia. Vidi che adesso respirava più forte, chiudendo e aprendo ripetutamente i pugni, e capii di avere pochi secondi prima che sbottasse. Purtroppo, non fui abbastanza veloce.

«Dimmelo, cazzo!» ruggì.

Non l'avevo mai sentito urlare così forte di rabbia, ma non fu quest'emozione che mi devastò. Fu l'incrinatura che udii nella sua voce che mi fece capire quanto lo stavo ferendo. Mi scervellai alla ricerca di un modo per non esprimere le mie argomentazioni, ma la verità era che preferivo essere imbarazzato piuttosto che ferire ancora quest'uomo.

Gettai le mani in aria, alzando a mia volta la voce. «Perché non posso permettermi questo matrimonio.» Gli andai vicino con passo pesante, le parole che si riversavano fuori una dopo l'altra ora che la diga si era aperta. «Mi sto facendo un culo così per racimolare tutti i soldi che posso.» Stavolta fu il mio turno di spingerlo, gli occhi che mi pizzicavano. «Per la tua bella location.» Spinta. «Per i tuoi bei dolci.» Spinta. «Per i tuoi bei fiori.» Con un'ultima spinta, lo feci sbattere con il sedere contro lo schienale del divano. «Non posso permettermelo, cazzo.»

Jake aprì la bocca per parlare, ma non avevo ancora finito. Avanzai ulteriormente, portando il viso a pochi centimetri dal suo.

«E non sono un mantenuto, Jake. Non sono un fottuto caso di beneficenza.»

«Pensi che me ne freghi qualcosa di tutte quelle cose?» chiese, l'espressione corrucciata.

«Sei sempre così dannatamente eccitato quando parli dei preparativi con tua madre. So quanto desideravi un matrimonio in grande stile con Carina, in una chiesa, e io non posso dartelo.»

Jake sbatté il petto contro il mio, spingendomi indietro. «Cristo santo, Jackson. Andrei in comune proprio adesso e ti sposerei seduta stante. Non me ne frega un cazzo del matrimonio.» Mi cinse il viso con entrambe le mani e, per la prima volta da quando eravamo tornati a casa, i suoi occhi si addolcirono, alleviando la paura che mi attanagliava il petto. «Mi importa di *te*. Voglio *te*. Amo *te*.»

Un gemito di sollievo mi scaturì dal profondo e mi fuoriuscì dalle labbra. Quelle parole misero a tacere qualsiasi argomentazione avessi, il timore che mi stesse scaricando. Alzai bandiera bianca. Ero dove voleva che fossi, e lo amavo più di ogni altra cosa e avevo bisogno di ricordare a me stesso che era mio.

Gli afferrai la camicia nel pugno per tenerlo fermo e gli catturai la bocca in un bacio aggressivo, duro e disperato. Lui ricambiò con lo stesso ardore, insinuando la lingua tra le mie labbra per intrecciarla alla mia. Staccò le mani dal mio viso e le portò verso il basso per slacciarmi la cintura. Sì, dovevamo essere nudi, pelle contro pelle. Gli strappai la camicia e gliela sfilai dalle spalle, passando poi ai pantaloni.

«Scegli una data» mormorò contro la mia bocca.

«Cosa?»

«Fallo. Per me.» Le parole, intrise di supplica e desiderio, vennero fuori strascicate dal momento che scostò a malapena le labbra dalle mie per esprimere quella richiesta.

Facevo fatica a ragionare e non avrei potuto dirgli che giorno fosse oggi, figuriamoci fissare la data del matrimonio. Inoltre, le ragioni per rimandare c'erano ancora. «No.»

Jake ringhiò e mi morse le labbra, spingendomi i pantaloni lungo le cosce prima di afferrarmi l'uccello. Mi sfregò con forza mentre ci spogliavamo, e quando fummo liberi dai vestiti, mi spintonò di nuovo, facendomi girare intorno al divano.

Era come un predatore che inseguiva la sua preda. Tenne gli occhi fissi nei miei mentre continuava a spingermi, chiudendo la mano intorno al proprio membro e promettendomi con lo sguardo di farmi urlare di piacere una volta che si fosse saziato.

Questo tirò fuori il cavernicolo che c'era in me e mi incitò a combattere per il predominio. Lasciai che mi spostasse dove voleva perché anch'io desideravo essere su quel divano, ma quando mi chiese di nuovo di fissare una data, continuai a dirgli di no.

Mi spintonò un'altra volta, facendomi urtare contro il divano con la parte posteriore delle ginocchia e costringendomi a ricadere all'indietro. Poi afferrò rapidamente il lubrificante dal cassetto del tavolino e cadde in ginocchio tra le mie cosce aperte.

Chiusi gli occhi mentre l'umido calore della sua bocca mi avvolgeva. «Cazzo, sì.»

Lo schiocco del lubrificante che veniva aperto fu l'unico avvertimento che ebbi per quello che stava per succedere. Due dita mi corsero lungo le natiche e spostai il bacino più avanti per dargli un maggiore accesso. Lui non perse tempo a stuzzicarmi, continuò a succhiarmi l'uccello come un fottuto aspirapolvere e infilò le dita dentro di me, roteandole e allargandole, preparandomi ad accogliere il suo grosso membro.

Per poco non piagnucolai quando smise di succhiarmi.

«Scegli una data, Jackson.»

«No.»

Inarcai i fianchi verso l'alto quando mi mordicchiò delicatamente il glande e ne approfittò per affondare con forza le dita dentro di me, strappandomi un grido. Riuscii ad aprire gli occhi e a guardare in basso, verso il punto in cui mi stava lambendo le palle con la lingua. Vidi l'altro suo braccio flettersi ripetutamente e capii che si stava masturbando, coprendosi di lubrificante per potermi scopare.

«Scopami. Sono stufo di giocare. Scopami e basta» dissi, sapendo che non mi avrebbe lasciato venire finché non fosse stato dentro di me.

Lui si tirò su e mi sfilò le dita dal culo con un ultimo sfregamento contro la prostata, poi premette la punta dell'uccello contro il mio ano, ma non si spinse oltre.

«Scegli una data.»

«No.»

La mia determinazione, però, stava vacillando e quel rifiuto venne fuori in un gemito che si tramutò in un grido quando mi penetrò completamente, fino a toccarmi le natiche con lo scroto. Iniziò a scoparmi senza pietà, scoprendo i denti come un animale in calore, assicurandosi che sapessi a chi appartenevo.

Allungai la mano verso il basso per sfregarmi l'uccello, pronto a venire, ma riuscii a strofinarmelo solo un paio di volte prima che mi scacciasse via la mano. Ci provai altre due volte, con lo stesso risultato, e l'ultima volta lo guardai truce. In tutta risposta, lui mi afferrò il membro alla base e strinse, trattenendo l'orgasmo che era appena fuori dalla mia portata. Il sudore mi ricopriva il corpo, il respiro mi usciva in sbuffi affannosi e la pelle mi formicolava, percorsa da una corrente elettrica che aspettava solo un tocco per scattare.

«Jake» lo implorai, allungando la mano per massaggiargli il petto e pizzicargli il capezzolo.

Lui si piegò su di me e premette la fronte contro la mia. «Scegli una data.»

Stavolta non era una richiesta, era una supplica, pronunciata mentre mi sfregava piano il membro, promettendomi tacitamente di farmi venire più forte che mai. «Dio, va bene» cedetti. «Accettiamo la data liberatasi all'hotel.»

La sconfitta ne valse completamente la pena quando lo vidi allargare le labbra carnose nel sorriso più bello che esistesse. Un attimo dopo, premette la bocca sulla mia e iniziò a sfregarmi in maniera perfetta, scopandomi contemporaneamente alla giusta angolazione per farmi venire. Gli affondai i talloni nel culo e le dita nella schiena mentre l'orgasmo mi travolgeva, schizzando il mio liquido seminale tra di noi e ricoprendo entrambi i nostri addominali. Un altro fremito post-orgasmico mi percorse il corpo nel vedere il mio sperma scivolare tra i solchi del suo addome.

Jake chiuse gli occhi e mi penetrò altre tre volte prima di immobilizzarsi e gemere contro il mio collo in preda all'orgasmo. Lo strinsi tra le braccia mentre veniva, carezzandogli i capelli e baciandogli ogni centimetro di pelle che riuscivo a raggiungere con la bocca.

Restammo schiacciati l'uno contro l'altro sul divano sulla scia del piacere scaturito dalla nostra discussione, le grida di prima ora sostituite dai nostri respiri ansanti.

Gli afferrai i capelli e gli tirai la testa all'indietro per guardarlo negli occhi. «È stata una mossa scorretta.»

Per nulla pentito, mi rivolse un sorriso pigro e uno

sguardo soave. «Quando si tratta di farti mio marito, sono disposto a giocare sporco se necessario. Farei qualsiasi cosa per averti.»

Come potevo ribattere a un'affermazione simile?

Ricambiai il suo sorriso e lo attirai a me in modo da poter assaporare le sue labbra. «Ti amo.»

«Ti amo anch'io.»

Dopo qualche altro languido bacio, scivolò fuori da me e si alzò, offrendomi una mano per aiutarmi ad alzarmi.

«Ora vieni a farti la doccia con me. Ho ancora bisogno di sentire la tua bocca su di me stasera.»

6

JAKE

Un braccio caldo e muscoloso era adagiato sul mio fianco, cingendomi la vita per tenermi vicino a un petto sodo e a un pene turgido che premeva contro il mio culo. Guardai il braccio di Jackson, che mi avvolgeva in modo perfetto, la pelle che si tendeva deliziosamente sui muscoli che potevo vedere persino senza bisogno che li flettesse. Adoravo il contrasto del suo braccio nudo contro i tatuaggi colorati che ricoprivano il mio.

Intrecciando le dita alle sue, gli sollevai la mano e me la portai alle labbra, sorridendo al gemito che emise dietro di me. Si mosse mentre si svegliava, ma continuai a stringergli la mano, non ancora pronto a lasciarlo rotolare via e stiracchiarsi. Fui ricompensato per la mia testardaggine quando mi premette il membro tra le natiche e mi stampò dei teneri baci sulla spalla e sul collo.

«Buongiorno» disse contro il mio orecchio prima di mordicchiarlo. Adoravo il timbro roco della sua voce al mattino.

Mi girai e lo guardai, osservando i suoi occhi assonnati che si stavano ancora adattando alla luce che filtrava dalle tende. Erano bellissimi e il sole li faceva brillare come cioccolato fuso, mettendo in evidenza le pagliuzze verdi che non avresti mai notato a meno che non fossi stato a pochi centimetri dal suo viso.

Lo amavo tantissimo e lo avrei fatto mio, fosse stata l'ultima cosa che facevo.

«Buongiorno.»

Sorrise e si fece più vicino, appoggiando la testa sul mio cuscino. Restammo distesi lì in silenzio per un po', contenti di essere vicini l'uno all'altro, godendoci il dolce momento dopo l'amplesso aggressivo di ieri sera.

Alla fine, aggrottò le sopracciglia, spezzando la serenità del momento. «Sono ancora in ansia per i soldi.»

«Lo so e lo capisco.» Gli cinsi la guancia e gli carezzai lo zigomo con il pollice. «Sai che i miei soldi sono i tuoi e viceversa, ma so anche che sei un orgoglioso figlio di puttana. Più testardo di me.»

Le mie parole fecero riaffiorare il sorriso sulle sue labbra, ma durò poco.

«È solo che so quanto tua madre ci tiene a fare un matrimonio in grande.»

«Ma sai che a me non interessa, vero?»

Trattenni il fiato, in attesa della sua risposta. Quando annuì, espirai forte e lo baciai.

«Non mentirò, però» dissi dopo aver staccato le labbra dalle sue. «Sarà bello stare di fronte a tutte quelle persone e sfoggiare il mio sexy marito.»

Curvò all'insù un angolo della bocca prima di mordicchiarmi il pollice. «Vuoi esibirmi con ostentazione?»

«Come il miglior cavallo da parata che sia mai esistito.»

Ridemmo entrambi, ma volevo che sapesse che ero sincero

nel dire che per me non era importante avere un matrimonio sfarzoso. «Devi capire che tutto questo trambusto è più per mia madre che per noi. È contenta che siamo felici e vuole festeggiare la cosa in maniera pomposa.»

«Lo so.»

«Bene.»

Jackson rotolò sopra di me e premette il suo grosso membro contro il mio, strappandomi un gemito. Mi morse e mi leccò le labbra prima di spostarsi sul collo e risalire di nuovo su.

Gli affondai le mani nei capelli e inarcai i fianchi verso l'alto.

«Ti amo» grugnì, sfregandosi più forte e più velocemente contro di me.

«Ti amo anch'io.» Più di quanto pensasse.

Con ogni secondo che passava, il dolore alle palle cresceva, eguagliando il dolore che provavo al petto. Guardando i suoi occhi scuri che mi fissavano con più amore di quanto avessi mai creduto possibile, il bisogno di farlo mio crebbe sempre di più finché non mi riempì del tutto.

«Jake» gemette, tenendo gli occhi aperti mentre veniva sul mio addome.

Il piacere che lo percorse da capo a piedi e il delizioso sfregamento contro il mio uccello mi fecero raggiungere l'orgasmo subito dopo di lui, che abbassò la testa sulla mia spalla, scaldandomi la pelle già accaldata con i suoi respiri. Nonostante fossi appena venuto, la sensazione di oppressione al petto era ancora lì, il bisogno troppo grande da contenere.

«Sposami. Stasera.»

Sollevò la testa di scatto. «Cosa?»

«Andiamo a Las Vegas e sposiamoci.» Pronunciai le parole mentre mi si formavano nel cervello, senza rifletterci.

Ma il mio cuore e la mia mente sapevano cosa volevano: fare di quest'uomo mio marito. «Puoi acquistare i biglietti aerei, pagare per il nostro vero matrimonio. Mamma pagherà per il teatrino.»

I suoi occhi erano spalancati, ma potevo vedere l'idea prendere piede in lui e quanto gli piaceva. «Jake...»

«Avremo comunque il nostro grande giorno. Non dobbiamo dirlo a nessuno. Questo è solo per noi.» Gli carezzai la guancia, sentendo il bisogno di toccarlo. «Sposami.»

Finalmente, il sorriso che conoscevo e amavo allargò le sue labbra carnose, dandomi la certezza che tutto sarebbe stato perfetto. «Ok.»

Un'ora dopo, Jackson sedeva al tavolo della cucina con addosso solo i boxer, passandosi le mani nei capelli. Francamente, avrei potuto guardarlo in quella posizione per tutto il dannato giorno.

Le sue braccia si flettevano a ogni gesto brusco.

I suoi addominali guizzavano a ogni movimento irrequieto.

«Non ci sono voli per stasera, cazzo.»

Mi misi dietro di lui e appoggiai i palmi sulle sue ampie spalle, guardando lo schermo del computer. «E quello?»

«È un volo in prima classe.»

«E allora?»

«Sai quanto costa volare dall'altro lato del Paese in prima classe?»

«Jackson, po...»

«Non proporlo nemmeno» ringhiò.

Facendo scorrere le mani sui suoi pettorali e cedendo alla voglia di toccare ogni scanalatura sul suo addome, gli sussurrai all'orecchio: «Allora compra quei fottuti biglietti.» Gli morsi il lobo, facendolo sibilare. «E io prenoterò l'hotel.»

«Dannazione, Jake.»

Stroncai la sua irritazione sul nascere quando feci scivolare la mano più in basso e gli afferrai il pene flaccido attraverso i boxer. «Devo punirti di nuovo?» Si inarcò nella mia mano, diventando duro di secondo in secondo. «A volte penso che tu faccia il cazzone testardo perché ti piace stare sotto di me.»

«Non comportarti come se non possedessi il tuo culo tanto quanto tu possiedi il mio» gemette, allungando la mano dietro di me per afferrarmi la parte anatomica in questione.

«Non avrai più questo culo se non fai di me un uomo onesto.»

«Ricattatore» bofonchiò mentre comprava i biglietti.

Sorrisi, sfregandolo un'ultima volta prima di andare al mio computer per prenotare l'hotel. Proprio mentre premevo OK per confermare, il mio cellulare squillò.

«Ciao, mamma.»

Jackson si sedette accanto a me sul divano, perciò chiusi lo schermo del portatile, non volendo sentirlo lamentarsi del prezzo della camera d'albergo. Era la nostra luna di miele, dopotutto.

«Ciao, tesoro. Stavo pensando a te, come sempre, così ho deciso di chiamarti per sapere se tu e Jackson avete preso una decisione sulla sala per il ricevimento.»

«Wow, ben ventiquattr'ore, mamma. Stento a credere che tu abbia aspettato così tanto prima di chiamare per chiedercelo.»

«Oh, sta' zitto. Sai quanto sono eccitata. E questa è una grande opportunità. Se non la cogliete, rischiate di non riuscire a sposarvi per altri due anni.»

«Che orrore» ansimai.

«Non prendere in giro tua madre.»

Risi e Jackson mi tolse il telefono di mano, mettendo il vivavoce.

«Ehi, mamma. Abbiamo parlato e abbiamo deciso di prenotare quella data.»

Le grida entusiastiche di mia madre ci fecero trasalire e allontanare il cellulare. «Oh, ragazzi. Avrete il matrimonio migliore di sempre. Promesso. Lasciate fare a me. Richiamo subito Andre.»

«Mamma, possiamo chiamar...»

«No, lo farò io. Prenoto anche una prova abito per entrambi. E i fiori. Ah, e il vino. Ovviamente offriremo un open bar. Non siamo certo dei barbari.»

Jackson impallidì a ogni suggerimento, ma gli diedi una stretta incoraggiante sulla coscia. Quando mi guardò con occhi spalancati, mi sporsi in avanti e gli diedi un bacio sulle labbra, offrendogli conforto senza dire una parola, facendogli sapere che sarebbe andato tutto bene.

«Non lo siamo assolutamente, mamma» dissi dopo essermi ritratto.

«Bene, ora vi lascio andare. Godetevi la giornata. Penso io a tutto. Vi voglio bene.»

«Ti voglio bene anch'io» dicemmo io e Jackson all'unisono.

Non appena riattaccai, gli presi il viso tra le mani e lo indussi a incrociare i miei occhi. «Domani sarai mio marito. Nient'altro conta. Questo è il *nostro* matrimonio e divideremo le spese a metà.»

«Ok. Sì, è tutto a posto.»

«Bene. Ora andiamo a fare le valigie così posso scopare mio marito.»

7

Jackson

«**O**k, la licenza di matrimonio è prenotata, così come la cappella» dissi.

Eravamo appena saliti a bordo di un volo notturno per Las Vegas e tutto stava andando per il verso giusto. Avevo persino speso un occhio della testa per il pacchetto più stravagante offerto dalla cappella, quello che includeva un video. Volevo ricordare questo momento per sempre.

«Perfetto.»

Baciai il mio promesso sposo e mi accomodai al mio costosissimo posto. Quando l'assistente di volo passò, accettai volentieri lo champagne.

Durante il viaggio, riuscii a trovare il giusto equilibrio tra il trarre il massimo dai soldi spesi per questo posto e il non arrivare a Las Vegas completamente sbronzo. Tuttavia, ero stanchissimo. Non vedevo l'ora di arrivare al nostro hotel e riposare un po', nonostante fossimo in una delle città che non dormono mai. Inoltre, sapevo che stanotte sarebbe stata insonne e all'insegna della resa.

«Non cominciare» mi ammonì Jake quando un'auto a noleggio si fermò fuori all'aeroporto per portarci all'hotel.

Giunti a destinazione, la mia occhiataccia sbieca divenne sempre più intensa a ogni piano che salivamo del fottuto Bellagio. D'un tratto, i biglietti di prima classe che avevo acquistato sembravano pochi centesimi rispetto alla suite che lui aveva prenotato.

«Continua a guardarmi così e ti scoperò la bocca più forte che mai.»

«Voglio proprio vedere se ci riesci.»

Sogghignò e il mio uccello si contrasse. Dannazione, ero sempre pronto per quest'uomo. Il pensiero di lottare per il predominio rendeva l'eccitazione ancora più acuta, come infilare una forchetta in una presa elettrica.

Invece di dare inizio allo scontro, Jake mi diede una pacca sul culo e si diresse verso la camera da letto, guardando a malapena la splendida vista al di là delle finestre a tutta altezza. «Vieni ad accoccolarti con me per qualche ora prima che ti faccia mio.»

Impostammo la sveglia e ci rannicchiammo l'uno nelle braccia dell'altro, con la sua testa appoggiata sul mio petto e la sua coscia robusta adagiata sopra la mia.

Si svegliò prima di me e quando mi destai al suono della sveglia, tornò nella stanza con le mani dietro la schiena e un grosso sorriso sulle labbra carnose.

«Mi sono portato avanti e ho ordinato i nostri completi.»

«Cosa? Dannazione, li pago io. Volevo prender...»

Da dietro la schiena tirò fuori due t-shirt bianche ancora avvolte nella plastica con uno smoking stampato sul davanti.

Non potei farne a meno. Ricaddi all'indietro sul letto, tremando dalle risate.

«Stai scherzando?» chiesi, asciugandomi le lacrime dagli occhi.

«Sono serissimo. Dobbiamo vivere l'esperienza completa di Las Vegas.»

«Immagino di dover essere grato che siano entrambe uno smoking e che una non sia un abito da sposa.»

«Sarebbe divertente da spiegare nelle foto.»

Mi lanciò la maglietta e ci preparammo. Uscii dal bagno e lo trovai piegato in avanti ad allacciarsi le scarpe. Si alzò in piedi e si passò una mano nei capelli biondi. Per un momento non riuscii a parlare. Non riuscii a respirare. Il mio cuore si fermò prima di tornare a battere a un ritmo martellante.

Ne avevamo passate tante e finalmente sarebbe stato mio. L'uomo che non avrei mai pensato di poter avere sarebbe diventato mio molto presto.

«Tutto bene?» mi domandò.

Sembrava troppo bello per essere vero.

«Sei sicuro di volerlo fare?» chiesi, dando voce alla mia insicurezza.

«Più di qualunque cosa. Ti amo.»

«Ti amo anch'io.»

Un'altra auto a noleggio ci aspettava all'ingresso dell'hotel, ma invece di lamentarmi, afferrai la mano del mio fidanzato e gli baciai la guancia. «Grazie.»

Restammo in silenzio lungo il tragitto fino alla cappella e in men che non si dica, in piedi sotto le luci sfavillanti di Las Vegas, con il sosia di Elvis che ci guardava dall'altare, sentii le parole più belle che avessi mai sentito nella vita.

«Vi dichiaro marito e marito. Può baciare lo sposo.»

Ci baciammo e baciammo, con Elvis che cantava in sottofondo.

Non appena la cerimonia finì, tornammo in fretta all'hotel, rifiutando qualsiasi offerta di champagne e foto extra.

Facemmo irruzione nella stanza avvinghiati l'uno all'altro, spingendoci, afferrandoci e lottando per il predominio.

Alla fine, fui io ad avere la meglio. Lo spinsi contro la finestra della suite, girandolo verso le luci della fontana sottostante. Gli morsi il collo, spingendogli le mani contro il vetro, e spogliai entrambi.

«Vuoi il mio uccello, marito?»

«Cazzo, sì» gemette.

«Non ancora.»

Caddi in ginocchio e gli divaricai le natiche per far scorrere la lingua lungo il suo buco stretto. I suoi respiri divennero affannosi e le sue suppliche disperate, soprattutto quando gli afferrai il membro e glielo sfregai bruscamente.

Anche il mio uccello pulsò dolorosamente e il bisogno di possederlo crebbe a dismisura. Dopo averlo lubrificato con la lingua e averlo allargato con le dita, mi alzai e gli tenni le natiche aperte per sputare dove avevo bisogno di essere.

Portai la mano alla sua bocca. «Lecca.»

Obbedì e mi succhiò le dita prima che potessi ritrarle. Usai la sua saliva per lubrificarmi l'uccello e poi posizionai il glande alla sua apertura.

«Ti amo, Jake.»

«Ti amo, Jackson... marito mio. L'amore della mia vita.»

Con un gemito di felicità e piacere, spinsi il bacino in avanti e scopai mio marito di fronte a tutta la Strip di Las Vegas.

Feci quello che volevo fare da quando ero un adolescente.

Lo rivendicai come mio e lasciai che lui mi rivendicasse come suo.

Mi arresi.

Epilogo

Carina

«Ciao, Laura. Sono qui per vedere Erik.»

Venivo alla Bergamo & Brandt dall'inizio dell'anno per un piccolo progetto secondario. Volevano aprire un ufficio a Londra e si erano rivolti alla Wellington & Russo per ricevere assistenza. Dato che li avevamo già aiutati ad avviare la loro attuale attività quasi otto anni fa, non avevano bisogno di un'intera squadra come la prima volta. No, avevano bisogno di me e di ciò che avevo da offrire. Perciò, senza discuterne con mio padre, gli avevo fornito un piano di marketing completamente creato dalla sottoscritta. Uno dannatamente buono, non per vantarmi.

Jake mi aiutava qualche volta quando avevo bisogno di eseguire calcoli e analisi statistiche, ma senza rubare del tempo ad altri progetti che richiedevano la sua completa attenzione. Quindi firmava quando necessario, e così facendo non avevamo bisogno di coinvolgere mio padre.

«Ma guardati» disse Laura con un ampio sorriso, fissando il mio pancione. «Sei raggiante, Carina.»

«Sto sudando come un cammello» dissi in tono piatto, facendola ridere. «Perché diavolo fa così caldo a settembre?»

«Perché sei incinta. Tutte le cose che ti mettono a disagio succedono nell'ultimo trimestre, è la regola.»

Alzai gli occhi al cielo ma risi insieme alla donna anziana. Aveva avuto tre figli, quindi era tanto gentile da ascoltarmi ogni volta che venivo qui.

«Lo avviso che sei arrivata» disse, alzando il telefono. Un attimo dopo, mi fece sapere che potevo entrare.

Aprii la porta e i miei occhi si puntarono subito su Erik, che stava girando intorno alla scrivania per venirmi incontro. Con la coda dell'occhio, vidi altre persone sedute intorno a un tavolino nell'area salotto e mi ricordai che la riunione di oggi sarebbe stata con il team al completo.

«Ciao, Carina. Posso offrirti qualcosa da bere?» mi chiese Erik, posandomi un tenero bacio sulla guancia. Negli ultimi mesi avevamo legato molto, eravamo diventati buoni amici lavorando insieme. Avevo legato anche con la sua ragazza, Alexandra, che mi rivolse un sorriso e un saluto con la mano mentre andava verso il divano. O almeno, legato quanto permettevo alla gente di avvicinarsi a me ultimamente.

Aprii la bocca per dire che gradivo un po' d'acqua, ma le parole mi morirono in gola quando qualcuno pronunciò il mio nome.

«Carina?» gracchiò una voce profonda, attirando il mio sguardo verso quelli seduti sul divano.

Verso l'uomo coi capelli scuri tirati all'indietro e gli occhi grigi più incredibili che avessi mai visto e che non avrei mai potuto dimenticare, neanche se ci avessi provato.

Porca vacca.

«Ian?»

Quante *fottute* probabilità c'erano che ci saremmo rivisti? Quante?

«Voi due vi conoscete?»

Il mio sguardo si spostò sulla brunetta seduta accanto a Ian. Hanna Brandt, la sorellina di Erik che lavorava in un altro reparto al piano di sotto. I suoi occhi spalancati mi percorsero il corpo, fermandosi sul pancione. Non era la prima volta che lo vedeva, ma mentre spostava lo sguardo tra me e Ian, probabilmente unendo i puntini, assunse un'espressione lievemente preoccupata che non avevo mai visto prima.

Tornai a guardare Ian, solo per vederlo sgranare gli occhi mentre mi fissava a bocca aperta. Mi misi possessivamente la mano sul ventre, come se potessi nascondere il pancione dal suo sguardo accusatore. Se prima sembrava sbalordito, non era niente in confronto all'espressione scioccata che aveva ora.

«Che diavolo è quello?»

Un amore tutto mio,
la storia di Carina e Ian, uscirà all'inizio del 2022.

Vuoi sapere come è iniziata la storia d'amore tra Jake e Jackson?
Di seguito un estratto da **Affari di cuore**,
già disponibile su tutti gli store online.

È tardi. È tardissimo. Sono in ritardo per un appuntamento importantissimo.

La frase di *Alice nel paese delle meraviglie* si ripeteva nella mia testa mentre correvo lungo il corridoio del Voyeur. Avevo appuntamento con Daniel dieci minuti fa per un incontro di lavoro, e invece stavo per entrare nel suo ufficio senza neppure aver dato un'occhiata alla cartelletta che avrei dovuto esaminare ieri sera.

Bussai alla porta del suo ufficio per annunciare la mia presenza. Proprio mentre stavo per aprirla, la cartelletta mi sfuggì quasi di mano. Armeggiando con i fogli per non farli cadere a terra, oltrepassai la soglia e chiusi la porta alle mie spalle senza alzare lo sguardo.

«Ehi» dissi a corto di fiato. «Scusa per il ritardo. Il traffico era tremendo oggi.»

«Jackson.» Il tono formale di Daniel mi fece sollevare gli occhi su di lui. «Ti presento il team di marketing di Wellington & Russo, Carina Russo e Jake Wellington.»

Quasi al rallentatore, e con il cuore che cercava di soffocarmi, abbassai lo sguardo sulle due persone sedute davanti alla scrivania di Daniel. Vidi prima la brunetta, che si voltò verso di me con un sorrisetto, come se trovasse il mio ingresso esilarante. Il luccichio divertito che balenò nei suoi occhi mi fece trattenere un sorriso. La mia anima giocosa riconosceva la sua e le piaceva.

Ma poi spostai lentamente lo sguardo su Jake Wellington, e la giocosità che Carina aveva suscitato in me precipitò in fondo al mio stomaco.

Jake Wellington in persona, cazzo.

La mia pelle formicolò, consapevole dell'uomo di fronte a me. Sapevo cosa avrei trovato ancor prima di squadrarlo. Alto, robusto, capelli biondo scuro, penetranti occhi azzurri, labbra morbide che baciavano da Dio.

Non rimasi deluso mentre lo osservavo da capo a piedi, ma restai piacevolmente sorpreso di trovare un velo di barba, assente qualche anno prima, intorno a quelle labbra. Le farfalle presero ad agitarsi nel mio stomaco al solo vederlo. Anche dopo il passato che avevamo condiviso e il dolore che mi aveva inflitto, non riuscivo ancora a impedire al mio cuore di battere un po' più forte nel mio petto.

Finalmente, i nostri occhi si incrociarono e il suo sguardo mi inchiodò sul posto. Ogni cosa intorno a me scomparve, tranne lui. La tensione aumentò, e dovetti combattere l'impulso di sfregarmi la pelle tanto era tangibile. Mi domandai se anche lui potesse percepirla.

Dall'espressione sul suo viso, capii che provava soltanto shock. Volevo sprofondare nei suoi luminosi occhi azzurri e godermi il momento prima che la bolla scoppiasse e la realtà mi piombasse addosso, ricordandomi che non eravamo più amici. Che non lo eravamo per colpa mia. Ricordandomi che, indipendentemente da quanto lo desiderassi, Jake non era gay.

«Jackson» disse Daniel, riportando la mia attenzione su di sé. Con un lieve cenno del capo, indicò alla sua destra. Cazzo, la ragazza. Come si chiamava? Scacciando momentaneamente Jake dalla mia mente, mi girai e sfoderai tutto il mio fascino. Non importava che si trattasse di lavoro, rivolgevo sempre il mio miglior sorriso a una bella ragazza.

«Salve.» Mi aspettavo che fosse bassa considerando il suo corpo minuto, ma quando si alzò in piedi, mi resi conto che era alta quasi quanto me. Piuttosto notevole, considerando che ero un metro e novanta. Strinsi la sua mano tesa. «Sono Jackson Fields. Sarò il manager del Voy.»

«Carina Russo.» La sua voce era dolce ma decisa. «Sarò a capo del marketing.»

«Fantastico.» Le rivolsi un altro sorriso. Poi arrivò il momento di riportare la mia attenzione su Jake. Tirando un respiro profondo per prepararmi psicologicamente, cercai di nascondere le crude emozioni che aveva risvegliato in me qualche attimo prima. Cercai di nascondere la rabbia residua provocata dal suo abbandono.

Mi voltai verso di lui e ostentai lo stesso fascino che avevo sfoggiato con Carina. Immaginai che le emozioni che mi scuotevano il corpo sarebbero state meno evidenti se li avessi trattati nello stesso modo.

Avere il piacere di vederlo muoversi a disagio era sempre un valore aggiunto. Al college, quando eravamo amici, si limitava a ridere alle mie pagliacciate, alzando gli occhi al cielo ad ogni battuta a doppio senso che facevo.

«Questo è il mio collega, Jake. Lavoreremo insieme sul progetto. Lui si occuperà di analizzare l'attività qui e di valutare il miglior allestimento per il nuovo locale.»

«Ci conosciamo già» dissi, porgendo la mano a Jake. I suoi occhi si spalancarono di una frazione, e al di sotto della barba potei vedere la sua mascella irrigidirsi. Il mio sorriso svanì, e cercai di ignorare la fitta di dolore che mi trafisse. Sapevo che avrebbe evitato il nostro passato, ciononostante ci rimasi male.

La sua mano si chiuse intorno alla mia e i suoi ruvidi calli sfregarono contro la mia pelle, suscitandomi un brivido di piacere lungo il braccio. Quella sensazione sparì in fretta quando Jake ritrasse la mano il più velocemente possibile senza che nessuno se ne accorgesse. Provai un'altra fitta di dolore. Pensavo che avrei goduto maggiormente del suo disagio, come in passato. Invece, ogni sussulto e sobbalzo da parte sua mi colpiva nei teneri punti tra le costole.

Provando compassione per entrambi, omisi di menzionare il college e optai per il nostro incontro fortuito di qualche anno fa.

«In passato ho dato una mano alla vostra società con alcune questioni contabili. È in quell'occasione che mi sono imbattuto in Jake.»

Quest'ultimo sembrò tirare il suo primo vero respiro da quando ero entrato nella stanza.

Non avrei mai dimenticato il modo in cui il mio cuore aveva fatto una capriola quando l'avevo visto nei corridoi dell'ufficio. Così come non avrei mai dimenticato il modo in cui mi aveva rivolto un brusco cenno del capo prima di sfrecciare via. L'avevo visto un paio di volte nella settimana in cui avevo lavorato lì, ma essendo ancora incazzato per la sua reazione iniziale, mi ero tenuto sulle mie. L'avevo incrociato dietro un angolo, in una sala conferenze, lungo il corridoio, ed ogni volta me l'ero svignata o avevo fatto finta che non esistesse. Non potevo sopportare di vederlo nascondersi da me ancora una volta. Quindi, quella settimana, avevo finto che non esistesse e lui aveva fatto altrettanto con me.

«Mi sembrava che avessi una faccia familiare» disse Carina, schioccando le dita. «Probabilmente ti ho visto in giro per l'ufficio.»

«Sì» interloquì infine Jake. La sua voce era sia familiare che nuova dopo vari anni che non la sentivo. «Mio padre ti aveva assunto per la contabilità, giusto?»

«Perché aveva assunto qualcuno al di fuori della società?» domandò Carina.

Jake scrollò le spalle. «Perché ogni volta che c'era un

problema, voleva che se ne occupasse qualcuno con occhi freschi e imparziali.»

«Sembra tipico di tuo padre» commentò Carina, prima di rivolgersi a me. «Con quale compagnia lavoravi all'epoca?»

«Lavoravo come freelance.»

«Interessante.» Cercai di capire se fosse condiscendente, ma sembrava sinceramente incuriosita. «Hai lavorato altrove? Riesco a vedere i vantaggi dell'essere un freelance, del poter organizzare la propria agenda attorno ad altri impegni.»

«Uhm» mormorai, massaggiandomi la nuca.

Daniel, l'uomo che diceva sempre le cose come stavano, rispose per me. «Jackson si esibiva qui al Voyeur e rapidamente è diventato il mio braccio destro, aiutandomi con la contabilità. Quando si è laureato, ha accettato più lavori, ma non mi ha mai lasciato da solo a gestire le cose mentre il Voyeur cominciava a crescere.» Si voltò verso Jake. «Jackson ha investito una certa somma di denaro per mettere in piedi il Voy, ed è l'uomo a cui dovrete rivolgervi per la maggior parte delle informazioni che vi servono. Questo è un progetto comune, ma è la sua creatura.»

Negli ultimi anni avevo dovuto lavorare sodo per mettere da parte abbastanza risparmi, ma quando Daniel mi aveva offerto l'opportunità di compartecipare alla sua attività in crescita, l'avevo colta al volo. Adesso, c'era l'ulteriore vantaggio di poter vedere Jake.

Ero entusiasta della possibilità di trascorrere del tempo con lui, nonostante la sua mascella serrata mi facesse capire che il sentimento era unilaterale. Jake riusciva ancora a privarmi di ogni pensiero logico, costringendomi a tenere a bada il mio uccello quando gli ero vicino. Tuttavia, era stato anche un mio caro amico un tempo. E mi mancava quel rapporto. Forse la vicinanza forzata ci avrebbe ricordato la nostra amicizia.

«Si esibiva?» chiese Carina, con un luccichio eccitato negli occhi. Stava mostrando segni di essere il mio tipo di ragazza. «Ci sono stati dati alcuni dettagli sul club, ma non molti dal momento che ci stiamo concentrando principalmente sul pub.»

Daniel sorrise, pronto a parlare della sua creatura. «Il Voyeur è un luogo per le persone a cui piace guardare. Atti sessuali, per la maggior parte. Non vendiamo sesso, ma forniamo un posto sicuro per le persone che vogliono esprimere quel lato della loro sessualità senza essere giudicate. Abbiamo dei performer» disse indicando me, «che vengono selezionati dai clienti per esibirsi in qualsiasi numero disponibile.»

«Oh, wow.» Le parole, poco più che un sussurro, uscirono dalla bocca di Carina in uno sbuffo d'aria.

«I clienti sono rimasti piuttosto delusi quando Jackson ha smesso di esibirsi, ma a volte partecipa se ne ha voglia o se sono a corto di personale.»

«Devo mantenere felici gli habitué.» Mi rivolsi a Carina, ma con la coda dell'occhio cercai di vedere la reazione di Jake.

Lei sorrise e arrossì, abbassando lo sguardo. Jake tenne gli occhi fissi su Daniel, il viso quasi del tutto impassibile, tranne che per la mascella che si contraeva.

«Sediamoci e discutiamo dei piani per il Voy» suggerì Daniel.

Afferrai una sedia e mi sistemai di lato alla scrivania in modo da poter vedere Jake in faccia. Quest'ultimo incrociò i miei occhi solo una volta durante la riunione, ma li distolse subito quando mi sorprese a fissarlo. Era strano vederlo così agitato. Sapevo che quello che era successo tra di noi l'aveva spaventato, ma il Jake che conoscevo era audace e sensuale, e non si tirava mai indietro.

Nonostante la sua silenziosa remissività nei miei confronti, dominò il meeting, guidando la conversazione e definendo chiaramente il progetto del loro team.

Ero un uomo a cui piaceva essere al centro dell'attenzione e prendere il comando della situazione – caratteristica che mi rendeva adatto al Voyeur – ma vederlo parlare con autorità mi faceva contrarre l'uccello nei pantaloni.

«Porteremo tutte queste informazioni ai membri del nostro team» spiegò Carina. «Probabilmente li incontrerete di tanto in tanto, ma noi saremo i principali contatti che interagiranno con il vostro staff.»

«Sembra che sia stata un'ottima scelta contattare la vostra società. Mi piacerebbe dire di conoscere i dettagli abbastanza da cavarmela da solo, ma francamente quello che conosco bene sono le eccentricità sessuali e un sacco di persone che ce l'hanno. Il Voyeur è stata un'avventura personale, mentre il Voy è più un'avventura imprenditoriale. Non voglio rovinare tutto non chiedendo aiuto.»

«Se non sono indiscreta, perché il nome Voy?» domandò Carina.

Un sorriso malinconico balenò sulle labbra di Daniel. «Conoscevo una donna spagnola una volta. Voleva visitare tanti luoghi diversi, e prima di morire mi ha detto di farlo al posto suo. Voy significa "vado" in spagnolo.» Fece spallucce. «Sto solo rendendo omaggio a una donna che mi ha dato qualcosa quando ne avevo bisogno.»

«Penso che sia bellissimo» disse Carina, poi chiuse la cartelletta e la mise via. «Suppongo che abbiamo concluso per oggi. Esamineremo le informazioni e ci faremo risentire alla fine della settimana.»

«Perfetto.» Ci alzammo tutti e Daniel girò intorno alla scrivania per accompagnarli fuori. «Grazie mille a entrambi per essere venuti. Sono elettrizzato di scoprire cosa avete in serbo per noi.»

Rivolsi a Carina un altro sorriso caloroso quando ci scambiammo una stretta di mano, godendomi il rossore che le soffuse le guance. Poi mi girai verso Jake e mi assicurai che sostenesse il mio sguardo mentre gli stringevo la mano con forza, costringendolo a tenere la presa più a lungo di quanto desiderasse. Quando mollai la stretta, gli feci l'occhiolino. Lui contrasse di nuovo la mascella, ma un attimo dopo deglutì visibilmente, attirando la mia attenzione sulla sua gola, dove il pomo d'Adamo ballonzolò su e giù.

Poi se ne andò, raggiungendo Carina sulla soglia e prendendola per mano. Lei gli sorrise, e la fitta di dolore che avevo provato prima si trasformò in una morsa intorno ai miei polmoni. Abbassai lo sguardo sulla mano sinistra di Jake, ma non vidi nessun anello. Poi lo spostai su quella di Carina, dove vidi un anello così grande che mi stupii di non averlo notato finora.

Dando le spalle alla coppia, mi sedetti su una delle sedie abbandonate, rimproverandomi per aver provato qualcosa. Si trattava di Jake, etero al cento per cento. Una nottata di bevute non cambiava questo fatto, ed io ero uno sciocco ad aver pensato il contrario.

Vuoi sapere di più su Erik e Alexandra?
Ecco un estratto da ***Il mio salvatore****,*
un age gap romance, già acquistabile su tutti gli store online.

Con mano tremante, spalancai la porta e mi paralizzai alla vista di ciò che mi accolse dall'altra parte.

La prima cosa con cui i miei occhi si scontrarono fu un ampio petto avvolto in una t-shirt nera di cotone e una giacca di pelle dello stesso colore. Poi il mio sguardo si spostò lentamente verso l'alto, fino a raggiungere una mascella squadrata velata di barba che faceva da cornice a un paio di labbra serrate. La visiera del suo berretto nero da baseball gli copriva gli occhi. Almeno, finché non sollevò la testa e mi fissò con le sue iridi infuocate color smeraldo, mozzandomi il fiato e facendomi indietreggiare di un passo.

Era bellissimo, senza dubbio l'uomo più attraente che avessi mai visto, simile a un modello. Ma il fuoco non era solo attrazione. Era mescolato a una rabbia che non poteva essere nascosta. Una rabbia che fece sorgere in me una paura che nemmeno la mia maschera poteva celare.

I suoi occhi mi scrutarono da cima a fondo. Il mio primo istinto fu di sbattergli la porta in faccia, chiuderla a chiave e pregare che se ne andasse. Ma poi mi ricordai del mio futuro. Potevo farcela. Raddrizzando la schiena, mi aggrappai alla porta e tenni duro per attenermi al piano.

«M-Mr. E?» La mia voce non aveva ricevuto il messaggio che eravamo forti. No, balbettò, tradendo i tremori che mi scuotevano le viscere.

«Biancaneve.» La sua voce era soave ma profonda e in qualche modo si insinuò nel mio petto, serrandomi ancora più forte i polmoni.

Mi tenni forte alla porta e continuai a sbarrare l'ingresso come se fossi stata in grado di fermarlo. *Fingi finché non ci riesci.* «Ce l'hai i soldi?»

Tese brevemente le spalle prima di piegarsi a sinistra, afferrare un borsone nero e porgermelo.

Feci un passo indietro e aprii maggiormente la porta. «Entra.»

L'uomo avanzò nella stanza, torreggiando su di me anche se portavo i tacchi e occupando più spazio di quanto avrebbe dovuto. Era come se l'aura intorno a lui riempisse ogni spazio vuoto, non rimanendone abbastanza per me. Lasciò cadere la borsa vicino al tavolo e si guardò intorno. Io rimasi vicino alla porta senza mai voltargli le spalle. Trattenni il fiato, in attesa che si voltasse e rivendicasse ciò per cui era venuto. Invece, continuò a darmi la schiena e a guardarsi intorno per il tipico motel scadente.

Se voleva qualcosa di meglio, avrebbe dovuto pagare lui stesso.

Quando infine si girò verso di me, feci qualche passo nella sua direzione, allontanandomi dalla mia via di fuga. Mantenni un'espressione neutrale e lo osservai con attenzione. Era stupendo, sembrava un modello dall'aspetto ruvido, ma avevo imparato in tenera età che dietro alla bellezza poteva nascondersi un mostro. Forse non era un vecchio in sovrappeso, ma questo non significava che non mi avrebbe fatto del male.

Raddrizzai le spalle, infondendomi fiducia, e sostenni il suo sguardo. Sembrava che ci stessimo sfidando in un duello mentre restavamo lì immobili l'uno di fronte all'altra, entrambi in attesa di fare la prima mossa. Ma ero stanca di aspettare. Non volevo prolungare la cosa più del necessario.

Spostando gli occhi sul suo petto per sfuggire all'intensità del suo sguardo, portai le mani alle spalline del vestito e cominciai ad abbassarle lungo le braccia. Il suo corpo si irrigidì e mi concentrai sul modo in cui le sue braccia si fletterono sotto il tessuto di pelle e sul controllare il mio respiro. Mi concentrai sul fatto che ero grata che non fosse un vecchio che mi avrebbe schiacciata sotto il suo peso. Ma nonostante la sua avvenenza, non potevo negare l'aria di pericolo che emanava da lui. Come se fosse un uomo che riusciva a malapena a mantenere il controllo.

Mi abbassai il vestito oltre i seni, ignorando la paura di ciò che mi sarebbe successo quando quel controllo si fosse spezzato. Avevo appena infilato i pollici sotto il tessuto per calarmelo oltre i fianchi quando la sua voce schioccò come una frusta nella stanza silenziosa.

«Fermati.»

Mi pietrificai e sbattei le palpebre, cercando di elaborare ciò che aveva detto. Arrischiai uno sguardo al suo viso e vidi che teneva gli occhi chiusi, la mascella serrata e le narici dilatate mentre tirava respiri pesanti. Niente di tutto ciò aveva senso. «C-cosa?» I secondi passarono ma i suoi occhi rimasero chiusi. Il cuore prese a martellarmi nel petto e mi sentii più nuda di quanto mi sarei sentita con nulla addosso. Tirai su il vestito per coprirmi e lo tenni stretto come uno scudo.

«Ma sei stupida, cazzo?»

Le sue parole erano basse e ringhianti come una bestia in gabbia. Strisciarono lungo lo spazio tra di noi e si insinuarono nelle crepe della mia armatura. Il dubbio superò le mie barriere, ferendomi più del dovuto. Avevo fatto qualcosa di sbagliato?

I suoi occhi si aprirono e mi inchiodarono sul posto. «Prima mi fai entrare e poi inizi a spogliarti?»

«V-volevi spogliarmi tu?» chiesi, tirando a indovinare.

Lui scoppiò in una risata che sembrava arrugginita e intrisa di tutto tranne che di umorismo. «No. Cristo Santo.» Serrò le mani e si strofinò la mascella con un pugno. «Non hai pensato affatto a quello che stavi facendo? Non hai usato nemmeno un po' di buon senso quando hai dato inizio a questa cosa?»

La mia rabbia crebbe, scacciando via il dolore causato dalle sue parole e riempendo le fessure che aveva creato. La mia armatura tornò al suo posto. «Non sono venuta qui per farmi insultare. Come sai, non l'ho mai fatto prima.»

«No, sei venuta qui per farti scopare. In qualunque modo io voglia, giusto?»

Un ghigno distese le sue labbra mentre faceva due lunghe falcate per raggiungermi. Indietreggiai, ma non andai lontano prima di urtare contro il muro. Lui fece altri due passi e invase il mio spazio, bloccando la debole luce proveniente dall'unica lampada situata all'altro lato della stanza.

«Potrei farti qualsiasi cosa.»

Le sue parole strisciarono sulla mia pelle, suscitandomi un brivido lungo la schiena. Mi schiacciai contro la parete e deglutii a fatica. Nessuna quantità di make-up o rabbia poteva nascondere la paura che stava prendendo il sopravvento sul mio corpo. I miei occhi guizzarono sulla porta, ma non ce l'avrei fatta a raggiungerla. Forse se gli avessi dato una ginocchiata nelle palle avrei guadagnato abbastanza tempo per afferrare i soldi e scappare. Forse sarei uscita viva da questa storia.

«Eccola qui. Ecco la paura che avrebbe dovuto impedirti di compiere questo stupido errore.»

«Non è stato stupido» cercai di difendermi, ma era un'affermazione debole e sapevamo entrambi che era una bugia.

Sapevo che era stupido, però ero disperata. E difendere la mia scelta mi dava qualcos'altro su cui concentrarmi a parte la paura.

Le sue mani scattarono in avanti e mi afferrarono le braccia nude, circondandomi quasi completamente i bicipiti. Mi staccò dal muro, portandomi più vicino al suo viso, e mi scosse. Non forte, ma abbastanza da strapparmi un grido. Scoprì i denti come un animale e ringhiò: «Certo che è stato stupido. Se fossi stato qualcun altro di quel sito, ti avrei già rovinata. È questo quello che volevi?»

«N-no.»

Ero in punta di piedi, in balia di un vortice di paura e rabbia che si agitava dentro di me come una pentola di acqua bollente in procinto di traboccare. Avevo balbettato la mia risposta, ma era uscita forte e chiara. Ero stanca del suo giudizio e delle sue intimidazioni.

«Cosa avresti fatto? E se avessi voluto scoparti il culo? La gola? Se avessi voluto ficcarti tutte le dita dentro finché non avessi gridato?»

«Smettila. Smettila.»

«Vuoi essere rapita?» urlò, scuotendomi di nuovo. «Venduta? Drogata e stuprata in ogni modo possibile contro la tua volontà fino a morire da sola, incatenata a un letto?»

Mi bruciarono gli occhi e li chiusi forte, detestando le poche lacrime che fuoriuscirono. Ciascuna opzione rappresentava quello a cui mi ero rifiutata di pensare perché ero disperata. E ciascuna di esse mi colpì come una frusta, mi schiacciò sotto il peso della paura e della rabbia perché non sapevo se quello fosse ancora il mio destino oppure no.

«Sei proprio una stupida, cazzo» mi gridò in faccia.

Affondai le dita nel suo petto e spinsi contro un muro inamovibile, ma mi aiutò. Mi fece sentire di avere un po' di controllo. Non stavo subendo passivamente mentre venivo scossa come una bambola di pezza e criticata da qualcuno che quasi sicuramente non sapeva cosa fosse la fame.

«Smettila di chiamarmi così!» Se voleva ringhiarmi contro, avrei fatto lo stesso con lui.

«Allora non fare scelte stupide.»

«Sono stufa di morire di fame!» gli urlai in faccia, provando una piccola scintilla di soddisfazione quando si ritrasse, anche se solo di un centimetro. «Sono affamata, stanca e disperata. Quindi vaffanculo e sparisci.»

Per la prima volta da quando avevo aperto la porta, la sua mascella si rilassò. Le sue sopracciglia erano ancora aggrottate e i suoi occhi continuavano a bruciarmi la pelle ogni volta che mi guardava. Ma la presa sulle mie braccia si allentò e i miei piedi toccarono completamente il pavimento. Lentamente, ogni suo muscolo si rilassò finché non mi lasciò andare del tutto e indietreggiò di mezzo metro. Lo spazio tra di noi si riempì di ossigeno e inspirai il più profondamente possibile. Non smise mai di guardarmi, come se temesse che sarei scappata o che l'avrei attaccato se mi avesse dato la schiena.

«Hai una famiglia da cui posso portarti?»

Inarcai le sopracciglia fino all'attaccatura dei capelli, impreparata al cambio di argomento – impreparata al suo tono morbido. Cercai di riprendermi e di formulare una risposta coerente. «Cosa?»

«Una famiglia. Qualcuno da cui possa accompagnarti per portarti via da qui.»

«Perché?»

«Voglio aiutarti.»

Sbuffai. «Aiutarmi? Sul serio?»

«Ti ho per caso inchiodata al letto e preso ciò che mi hai offerto così spontaneamente?» sbottò, di nuovo irritato. Scossi la testa. «E non lo farò. Mi sono imbattuto nel tuo post e non volevo che qualcun altro lo vedesse. Qualcuno che avrebbe preso e preso finché non fosse rimasto più nulla.»

Deglutii e non riuscii a impedire alla mia mente di chiedersi perché fosse sul sito se era un brav'uomo.

«Hai una famiglia?» domandò di nuovo.

Abbassai gli occhi. «No, non ho nessuno.»

Il suo pomo d'Adamo ballonzolò su e giù e le sue spalle si accasciarono. Lo osservai mentre si toglieva il cappello e si passava le dita tra i capelli corti e scuri prima di rimettersi il berretto. Ispezionò la stanza come se potesse dargli qualche indizio su come procedere. Magari avrebbe lasciato perdere e se ne sarebbe andato, lasciando lì i soldi. Rimase a lungo in silenzio, ma non sapevo cosa fare per riempirlo, perciò continuai a tenere su il vestito e ad aspettare.

Alla fine si voltò di nuovo verso di me e si raddrizzò in tutta la sua altezza. Imitai la sua postura e mi preparai per qualunque cosa avesse detto dopo.

«Voglio che tu venga via con me.»

Strabuzzai gli occhi e barcollai all'indietro. «Che cosa?» La mia voce era stridula. Perché voleva che andassi con lui? Intendeva rapirmi come aveva detto che avrebbero fatto gli altri? Aveva deciso di approfittare della situazione ora che era qui? Il mio petto prese ad alzarsi e ad abbassarsi sempre più velocemente ad ogni pensiero che mi attraversava la mente. Tenni le mani davanti a me come se potessi respingerlo. «No, per favore. Mi dispiace. Puoi andare e portare i soldi con te. Hai ragione, è stato un errore. Ti prego, non... non...» La mia voce si affievolì, incapace di esprimere le varie possibilità.

«Basta.» Si sforzò di addolcire i suoi lineamenti. «Non voglio rapirti. Sto solo... cercando di aiutarti.» Sembrò doloroso per lui dirlo. «Hai detto che sei affamata e disperata, bé, sto cercando di darti un'altra opzione che non richieda di vendere la tua verginità. Ti darò cinquemila dollari se vieni con me.»

Cinquemila dollari solo per andare via con lui? Il solo pensiero mi lasciava senza fiato. «D-dove mi porteresti?»

Era stupido anche solo considerare la sua offerta? Probabilmente sì, ma la mia curiosità era stata destata e il sandwich che avevo rubato prima al supermercato non era sufficiente. Il pensiero di mangiare del cibo vero mi fece venire l'acquolina in bocca e trascurare i miei principi morali.

«Ho un appartamento in centro.»

«Vuoi ancora la mia verginità?»

Fece una smorfia e scosse la testa.

«Ho solo bisogno di sapere cosa aspettarmi.»

«Aspettati una cena e un letto caldo dove dormire. Da sola.»

E cinquemila dollari.

«Non capisco.» La serata mi stava sfuggendo di mano e faticavo a tenere il passo.

«Non è difficile da capire. Ti sto offrendo un rifugio sicuro per stanotte e un aiuto per domani.»

Lo faceva sembrare così facile. Guardai il letto, ancora intatto con la sua trapunta dozzinale ricoperta di Dio solo sapeva cosa. Potevo dormire lì o tornare alla roulotte e affrontare di nuovo Leah e Oscar.

O potevo andare con lo sconosciuto dagli occhi verdi che avrebbe potuto facilmente fare una qualsiasi delle cose che aveva menzionato, ma che non aveva fatto.

Forse ero stupida come sosteneva, ma come avevo detto, ero disperata. «D'accordo.»

Lui sospirò e rilassò le spalle che aveva tenuto in tensione mentre aspettava la mia risposta. «Tirati su il vestito e andiamo.»

Mi girai di lato, ancora titubante a dargli la schiena, e mi rimisi a posto le spalline del vestito.

«Devo ancora pagare la stanza» spiegai, afferrando la borsa e seguendolo alla porta.

«Già fatto» rispose, senza nemmeno voltarsi.

La brezza fresca della sera mi carezzò la pelle nuda. Dopo l'assalto di emozioni e paura che mi aveva consumato in hotel, l'aria frizzante mi travolse come una libertà che non ero sicura avrei ottenuto di nuovo.

L'uomo si diresse verso il fondo del parcheggio e un attimo dopo le luci di un'elegante auto nera lampeggiarono. Poggiai la mano sulla portiera del passeggero ed esitai. Chiusi gli occhi e pregai che non stessi sbagliando, che salire in macchina non fosse un errore.

La mia mente mi rammentò che si trovava su quel sito per una ragione che non conoscevo ancora. Ma il mio stomaco brontolò e la promessa di una vera cena mi indusse a mettere da parte l'avvertimento sussurrato e ad entrare in macchina.

ALTRE OPERE DI FIONA COLE

Voyeur
Affari di cuore
Il mio salvatore

BIOGRAFIA

Fiona Cole è la moglie di un militare e una mamma casalinga laureata in biologia e chimica. Per quanto amasse la scienza, ha deciso di mettere in secondo piano la sua carriera per stare a casa con le sue due bambine e si è immersa nei libri finché non ha deciso di scriverne uno di proprio pugno.

www.ingramcontent.com/pod-product-compliance
Ingram Content Group UK Ltd.
Pitfield, Milton Keynes, MK11 3LW, UK
UKHW042012190726
13854UKWH00005B/2258

9 798785 929838